羽場楽人 插畫：イコモチ
除了我之外，
你不准和別人
上演愛情喜劇
5
Kadokawa Fantastic Novels
U0074955

「茶樓咖啡廳！
服裝可以穿旗袍。
大家不覺得這樣概念統整得很好，
又很新穎嗎？」

除了我之外，你不准和別人上演愛情喜劇 5

羽場楽人
插畫：イコモチ

Kadokawa Fantastic Novels

characters
登場人物

有坂夜華
Yoruka Arisaka

七村龍
Ryu
Nanamura

宮内日向花
Hinaka
Miyauchi

叶未明
Mimei
Kanou

花菱清虎
Kiyotora
Hanabishi

有坂亞里亞
Aria
Arisaka

神崎紫鶴
Shizuru
Kanzaki

第一話　我努力的理由

「不行了～！我受不了！我沒辦法當著眾人面前演奏！」

一回到美術準備室，我的情人有坂夜華就大吐苦水。

「別那麼悲觀。夜華演奏得比我好多了喔。」

夜華為剛才所發生的事而嘆息，我摸摸她的頭安慰她。夜華乖乖地接受，同時也尋求客觀的意見。

「那有比暑假時，我在家中彈給你聽的鋼琴音色更優美嗎？」

夜華雙眼含淚地看著我。

不久之前，我們的樂團R-inks第一次在眾人面前演奏。

我們參加了決定文化祭主舞台演出樂團的輕音樂社社內甄選會。

而當時的表現，讓夜華深深地陷入沮喪。

「妳在徵選會上的演奏，也別有風味，我很喜歡喔。」

「彈成那樣，在正式表演時沒辦法彈給觀眾們聽啊。」

擔任鍵盤手的夜華由於太過緊張，從第一個音符開始就走音，每次彈錯，就會不必要地過度慌張，導致更多失誤，陷入惡性循環。

「不要緊。夜華鋼琴彈得很好，等到適應之後就能像平常一樣彈琴了。」

我回想起暑假在有坂家過夜時的那一幕。

由於她姊姊亞里亞小姐的要求，夜華向我展現了鋼琴技巧。

手指在鍵盤上滑動的優美動作、彈奏出流麗旋律的從容姿態、深深觸動聆聽者心房的高雅演奏，讓我感動不已。

與那時候相比，她今天在準確度與細膩方面未能發揮原本的實力。

話雖如此，表現並沒有她本人所憂慮的來得糟糕。

只是以夜華的標準來說失誤有點多罷了。她有好好地去聽周遭的音樂，即使彈錯一個音符，之後的旋律與節奏都會立刻調整回來。

並沒有發生從失誤導致全盤崩潰那樣的情況。

「可是，被那麼多人盯著看，我沒辦法像平常一樣彈琴！」

夜華那麼沮喪的模樣很少見。

她完全被負面思維困住了。

「這可是高中生的文化祭耶。又不是鋼琴大賽，能享受樂趣就贏了。不必那麼緊繃。R-inks不也確實通過甄選了嗎？」

我刻意用輕鬆的口吻說道。我想讓將事情看得太過嚴重的夜華心態變得輕鬆些。

所有希望表演的樂團演奏完畢後，經由社員投票選出了出場的三組樂團。

「R-inks能夠通過，是多虧了叶同學吧。至少我自己的表現很差勁。」

夜華小姐意外地對自己很嚴格。

因為是擅長的事情，她才對無法如想像般去彈奏感到很不甘心吧。

沐浴在秋老虎持續發威的九月夕陽下，夜華將額頭抵著椅背，垂頭喪氣。

隱約露出白色的後頸，讓我回想起她在夏日祭典時的浴衣打扮。

和風服裝也很適合夜華。

不如說，我的女朋友無論穿什麼都很迷人。

美麗的長髮，如白雪般的肌膚，濃密的長睫毛勾勒出一雙大眼睛，如珠寶般充滿魅力。鼻梁挺直，臉蛋工整小巧，淡粉紅色的嘴唇富含光澤。身材也與同學們不同，擁有女性化的曲線，那豐滿的胸部及纖細的腰身、渾厚的臀部及緊實的雙腿，可以說是藝術品。

和這個美術準備室裡陳列的石膏女神像相比，也毫不遜色。

一想到馬上就要看不到她穿夏季制服了，我覺得有點傷心。

「……身為情人的我明明這麼煩惱，希墨你是不是在動歪腦筋？」

對於他人的視線極度敏感，既是弱點也是武器。

她被人注視時容易緊張，另一方面則立刻察覺了我視線投注的位置。

夜華柳眉微蹙，由下往上瞪著我。

「不不，我只是覺得妳真是美人，看得入神了而已。」

「我們交往有半年了吧。也差不多是時候看習慣了吧？」

「怎麼可能。我想我一輩子也看不膩喔。」

「咦。一輩子會不會有點長？」

夜華抬起身。

「我是認真的。直到現在，我還不時會懷疑，能夠和這麼漂亮的女生成為情人，是不是在作夢。」

「你都怎麼確認呢？」

「咦，像這樣看著妳，沉浸在感慨之中呀。」

「光用看的就能確認愛情，還真簡單啊。誰都做得到不是嗎。」

「——我可以做只有我能做的事情嗎？」

「現在我們正兩人獨處。」

夜華挑逗般地看向我。

我緩緩地在夜華身旁的椅子坐下來。

「妳是彈電子琴彈累了，想要我幫妳按摩嗎？」

「按摩也很令人感謝，但是猜錯了。」

「那麼，妳是想吃甜食嗎？」

「不買甜點過來，現在這裡是沒東西的。」

「真難猜。我的情人想要什麼呢？」

「用到嘴巴這部分是正確的。」

我們膝頭相碰。

「用口哨吹一首歌？」

「音樂剛剛已經聽過了很多。」

「啊，我知道了。妳渴了吧。」

「……對啊。我或許是渴了。所以你來餵我喝水。」

「咦？」

我察覺夜華的意圖，感到有點困惑。真的嗎？

「那邊有礦泉水，你來餵我喝——只是，別用到手。」

「最後的條件有必要嗎？」

「我希望你安慰我。」

「我知道了。」

我含了一口冷水，直接與夜華嘴唇相貼。

兩人的嘴唇逐漸緊密地貼在一起。確認了唇瓣柔軟的觸感一會兒後，我緩緩地把嘴張開了一點。夜華靈巧地接住隙縫中流出的水。她喉頭發出咕嘟聲，將本來在我體內的東西全部喝光。

我們的手指不自覺地在膝頭上交纏。

即使在喝完水之後，我們也沒有分開。

一直緊靠在一起感受彼此的存在。

當我終於把臉移開時，夜華面露陶醉的表情。

水珠從她微微張開的嘴角滴落，流到下巴。

我以手指擦拭夜華沾濕的嘴角。

她乖乖地接受了。

「明明只是補充水分，感覺卻好色情。」

「嗯，非常刺激。」

「水溫溫的。」

「是我的體溫的影響嗎。」

「總覺得身體在發熱。」

「妳連耳朵都紅了喔。」

「希墨才是。」

「這也沒辦法吧。因為我是第一次做這種事。」

「我又獲得了一個希墨的第一次。」

夜華天真無邪地高興著。

這毫不設防的笑容，破壞力超強。

如果現在是炎熱的盛夏，我的理智早就蒸發了吧。

經過這個夏天之後，夜華尋求愛意的方式變得相當大膽。

提出像這樣危險的央求最近並不少見。

由於樂團練習和文化祭的準備工作等等，我即使在假日也無法和夜華約會，導致獨處的時間單純地減少，也是原因之一吧。

正因共度的時間有限，彷彿在說只是互相打鬧不夠滿足，情侶之間的接觸正不斷升級。

我也覺得自己被吊著活受罪，再進一步下去就快克制不住了。

「希墨，你變硬了。」

夜華目光往下看，發現了我的某個變化。

我沒辦法直視情人的臉龐，忍不住別開目光看向牆壁。

夜華的手指像在按摩我的手一般來回撫摸皮膚表面。那種癢癢的觸感，讓我的脈搏愈跳愈快。

「妳指哪裡呢？」

我下定決心發問。

才剛喝過水的喉嚨格外乾渴，並非錯覺。明明應該開著冷氣，體溫卻不斷上升。我微微冒汗。
就順勢而為吧。
不要害怕，瀨名希墨。不可以讓女孩子丟臉。
乾脆豁出去，能做到哪裡就做到哪裡！
「希墨的指尖變得比之前硬了很多。」
「咦，手指？」
我往下看。
夜華注視的是我放在大腿上的左手。她仔細地查看指尖的狀態。
「因為你電吉他練得很勤快，這也是當然的嗎？你的技巧比一開始時進步了很多。」
夜華切身地為我的成長感到欣喜。
從我這個新手正式開始練電吉他，差不多滿一個月了。
這些日子，我天天都碰電吉他。原本軟綿綿的左手指尖，一開始按住堅硬的琴弦立刻會感到疼痛，但聽她一講，現在已經不像之前那麼難受了。
「夜華真是觀察入微。」
「因為我必須比任何人都對你的變化更為敏感才行。」
「好可靠的情人。」
「努力獲得成果，真令人羨慕。」

「因為我是新手，只有進步空間吧。跟本來就會彈鋼琴的妳起跑點不同。」

「可是就連在輕音樂社社員們面前，我都失誤了那麼多次。非得趕快設法解決不可。」

我們的樂團R-inks，是為了文化祭臨時組成的限定樂團。

除了團長叶未明以外的四名成員，都不屬於輕音樂社。

知道樂團成立經緯的輕音樂社社員們，以善意的態度聆聽我們的演奏，甚至將在文化祭主舞台出場的名額，給了大部分團員並非社員的我們。

為了回應他們的信賴，R-inks的成員們間漸漸形成共識，無論如何都必須讓表演成功。

「不用擔心，最可能扯後腿的人也是我，夜華抱著自信表演吧。」

「……如果自信是能輕易自他人那裡獲得的東西就好了。」

夜華一邊說喪氣話，一邊將頭靠在我胸口。

夜華的甜美氣息傳入鼻尖。

為什麼迷人的女孩聞起來都香香的呢。

被她這樣不設防的緊貼過來，好不容易即將平息的熱情又快復燃了。依偎著我的夜華像在消遣解悶一般，一直捏捏摸摸我的手。

對不起，我忍不下去了。

「我說夜華，要不要換個地方？我也有點餓了。」

「贊成。我也想吃些甜食。」

「隨便吃什麼都可以喔。我會配合妳。」

因為注意力放在別的事情上，我不小心回答得很敷衍。

「吶，我讓你困擾了嗎？」

夜華敏感地察覺這一點。

「那怎麼可能。」

「可是，你剛剛有點心不在焉。」

「不說不行嗎？」

「凡是希墨的事情，我什麼都想知道。」

我誠實地回答。

「妳太過可愛，而且身體接觸也變多了，那個，我興奮了。這裡是密閉空間，我們正兩人獨處吧。我很可能會忍不住撲向妳。」

「～～～～！」

夜華露出赫然驚覺的表情，發現自己全身緊貼著我撒嬌。

看樣子她好像沒有自覺。

「我身上是不是被裝了磁鐵？我是什麼時候和你貼得那麼緊的？」

「我看是名叫愛情的磁鐵吧？」

我一邊隨口說著裝蒜的台詞，一邊忍不住咧嘴偷笑。

「進入第二學期後，我們週末都沒辦法約會，所以身體接觸不足！」
「是啊。我也想趕快和夜華兩人單獨出遊。」
我也發自內心有這種感覺。
「希墨。說到甜食，雖然蛋糕也不錯，但我偶爾想吃甜甜圈！我們去車站前的Mister Donut吧！」
儘管面紅耳赤，夜華仍若無其事的提議。
當然，我不可能拒絕夜華的邀約。

當我們下樓來到入口處時，剛好在鞋櫃那邊碰到朝姬同學。
「嘖？」
一注意到同班同學支倉朝姬的存在，夜華就露骨地皺起眉頭。
「你們現在要回家了？忙到那麼晚，辛苦了。樂團的練習順利嗎？」
朝姬同學華麗地無視夜華難看的臉色，親切地開口攀談。
她留著及肩的淺棕色長髮，美麗的容貌惹人喜愛，看來可以立刻進軍演藝圈。她是以略微強調女孩子味的低調妝容與時髦的氛圍，受到大家喜愛的學年熱門人物。她性格開朗，對任何人都一視同仁，以友善的距離待人，所以朋友也很多。

她與我一起擔任二年A班的班長。

「我看來還有很長一段路要走。朝姬同學在忙茶道社的事嗎？」

「嗯。社團活動結束後，我和神崎老師商量文化祭的事情，就弄到那麼晚了。」

「下任社長真辛苦。」

「希墨同學才是……你還是老樣子，被有坂同學黏得緊緊的呢。」

朝姬同學看向默默觀察著情況的夜華。

「我們正在交往，這是當然的吧！」

「我只是說出所見情景的感想而已。」

「可是聽起來像在抱怨。」

「我看那是因為有坂同學有什麼憂心事吧？」

「最大的原因是妳吧。」

「我明明只是單戀希墨同學而已。」

面對隨時可能情緒爆發的夜華，朝姬同學淡淡的回應。

「妳當著希墨的情人我面前，堂堂說出自己單戀他，讓我很不滿！」

暑假期間，我們一群要好的朋友一起去海邊旅行。

當時朝姬同學在我和夜華面前，宣布了她對瀨名希墨的戀愛繼續宣言。

朝姬同學當然知道，我們是兩情相悅的情侶。

可是她說，讓我喜歡你直到我的戀慕之情冷卻為止吧。

「我只是說出自己的心意罷了。如果打算明目張膽地搶走他，我就會運用這個碰巧遇見的機會，約他單獨出去玩了。」

「我絕不可能允許的吧！」

「等到我實際開口約他的時候再生氣嘛。」

「唔唔～～」

夜華不甘心地發出低吼，像在威嚇對手的貓。

另一方面，朝姬同學靈巧地躲開夜華的怒火，以冷靜的口吻說道：

「那麼，我先回去了。再見。」

朝姬同學揮揮手，乾脆地先離開學校。

「夜華。大家都是同學，妳不能用更溫和一點的態度對待朝姬同學嗎？妳這樣反應過度也很累吧？」

我做好受到反駁的準備，委婉地試著勸告。過度敵視她的話，夜華的不悅會傳播到周遭，導致氣氛變糟。

然而，夜華的反應卻令人意外。

「……太沒有針鋒相對的感覺了。好奇怪。」

夜華一副失望的樣子，顯得欲言又止。

「好奇怪？」

「她缺乏氣勢。」

「妳們明明鬥嘴鬥得那麼凶耶？」

夜華和朝姬同學毫無顧忌的言詞交鋒，可是讓我心中捏了一把冷汗。

「她的話中沒有平常那種好勝心。」

「妳看得真清楚。」

聽她這麼一說，最近這陣子朝姬同學或許是有時會陷入沉思當中。如果找她攀談，她會用一如往常的開朗活潑聲調回應。儘管如此，在開會中等不經意的一瞬間，我有種印象，她的心思轉移到了其他地方。

「正因為她是現在最該警惕的對象，我才會察覺細微的差異。」

就像在說不能大意般，夜華毫不放鬆警戒。

以意識到對方這層意義來說，無論喜歡和討厭都是一樣的吧。

名為敵意的關心，總是投注在對方身上。

「那份細膩心意為什麼不能活用在妥協上呢。」

「如果自己能自由地控制心情，我在甄選會上就會無失誤演奏了。」

說得有理。

我也到現在都還沒有無失誤地彈完過電吉他。這樣在正式表演前真的來得及嗎？

「真希望讓現場表演順利成功。」

「嗯。所以為了成功，接下來開作戰會議吧！」

我們離開學校，進入車站前的Mister Donut。

用電吉他袋和與書包占好位子後，兩人一起去櫃台前排隊。

我們各自挑選想吃的甜甜圈，而飲料都點了咖啡，然後結帳。

我們在四人桌相對而坐，邊吃甜甜圈邊談論文化祭的現場表演。

「夜華的課題，是如何才能在眾所矚目下也不緊張地演奏吧。」

和我不同，按照樂譜演奏本身對於夜華來說易如反掌。

對於夜華而言，搖滾樂好像是她平時不常聽的音樂類型。不過她在多次練習的過程中，立刻掌握了訣竅。

「希墨，你有沒有什麼好點子？」

「嗯～結論只有『去適應吧』一句話～」

「如果我做得到，即使明天就是正式表演，那也輕輕鬆鬆。」

夜華一口氣把剩下的波堤塞進嘴裡。

她似乎在用暴飲暴食表明「別強人所難」。

「不，如果明天就是正式表演，我會應付不來。」

「對我而言，那就是跟這個同等的高難度要求。」

每個人擅長與不擅長的事情各不相同。

「簡單地增加在別人面前練習的次數之類的。」

「話是這麼說沒錯啦～」

我也很明白夜華提不起勁的心情。

處理自己不擅長的事情需要花費比平常多好幾倍的精力，若能盡可能過得輕鬆是再好也不過的。

「妳至今不也好幾次克服了緊張嗎？」

「比方說呢？」

「在初春的班際球賽時，妳大聲為我加油，還在大家注視之下，攙扶著扭傷的我走到保健室。」

「那是因為你受傷了。」

「然後是瀨名會第一次去唱歌。妳和亞里亞小姐的姊妹吵架。暑假大家一起出外過夜旅行。這些不都是在與我交往之前，妳絕不可能會做的事嗎？」

「……你刻意跳過了被支倉同學告白時的事情呢。」

夜華的眼神變得凌厲起來。

「讓妳回想起來，妳心情會變差吧。」

「已經太晚了。」

夜華的嫉妒，令我高興又害怕。

我喝了一口咖啡，試著重啟話題。

「試著具體思考為什麼會緊張吧。夜華在意他人的目光而無法專注，所以才會失誤。」

「嗯。」

「相反的，妳沒有分心時是什麼情況？」

「班際球賽的時候是因為擔心你。」

「我很高興。那麼唱歌的時候呢？」

「一開始我對支倉同學來參加抱著戒心，但在唱歌聊天的過程中，漸漸樂在其中。」

「和亞里亞小姐姊妹吵架的時候怎麼樣？因為我沒有直接看到。」

「……我覺得如果現在逃避了，我一定會後悔一輩子。多虧了這份強烈的決心。」

夜華好像回想起當時的事情，不知為何露出苦笑。

「依我的看法，對那個亞里亞小姐提出抗議，感覺遠比現場表演更令人緊張就是了。」

「正因為是姊妹，才有不能讓步的事情。雖然你大概沒有發現。」

夜華瞇起眼睛這麼說，聲音顯得有點凶狠。

「沒有發現什麼？」

「那是只屬於姊妹的祕密。我絕對不會說。」

看來如果深入追問會自找麻煩。君子不立於危牆之下。

「這樣啊。那麼，夏天的旅行呢？」

「當然是因為玩得很開心——儘管支倉同學與你的混浴令我很火大。」

「那是偶然的意外，是單純的救援行動！」

我反射性的將額頭抵在桌上。

「那就別低頭道歉啊。旁邊有客人在看。」

「與妳分手對我來說等於世界末日！直到妳原諒我為止，我要誠心誠意的謝罪！」

「我算是原諒你了！總之，我也不想讓世界終結，所以以後也別劈腿喔。」

「我向神向佛向夜華大人發誓。」

「喔喔，我被神格化了。」

兩情相悅的情人心情好轉，用眼神催促我往下說。

「妳不會緊張的時候，是不分喜怒哀樂，以自己的情緒為最優先的時候。」

「啊，或許的確是這樣沒錯！」

夜華恍然大悟地點點頭。

「這種時候沒有餘力注意周遭，只將意識投注於自身，結果能進入深度的專注狀態。」

「深度的專注……」

我拿起巧克力歐菲香，啃了一口。

「總之，就是妳要變得任性。」

我針對夜華眼前的課題說出我的答案。

「任性，是指變成女王就行了嗎？」

夜華一本正經地問了這種話，令我不禁想像了女王打扮的夜華。

S度破表，任性的女王夜華。

從我覺得那種風格也惹人憐愛來看，我也對夜華相當神魂顛倒。

「吶～希墨，別沉浸在妄想的世界中～」

「抱歉，我再度確認了我對情人的愛意。」

「這種事情別用妄想的，在現實中做就行了。」

「即使在眾人面前嗎？」

「那可不行，因為很難為情。」

像夜華這樣的美人，會不由分說地吸引周遭的目光，所以很辛苦。

「找亞里亞小姐教妳適應視線的訣竅就行了嘛。我可沒見過言行舉止比她更光明正大的人喔。」

有坂姊妹的差異，遠比她們本人所認為的更加細微。

「……希墨不管怎麼說，都對姊姊抱著莫大的信賴呢。」

「如果沒有亞里亞小姐，我無法考上永聖，也沒辦法和妳交往吧。她是我的恩人，老實說，我也很憧憬她的優秀。」

「姊姊對我的情人影響力太大了！」

「不必擔心，我當成戀愛對象喜歡的人只有妳而已。」

當我輕描淡寫地回答，夜華將手伸向我的嘴角代替回應。

「你嘴巴沾到巧克力了。」

夜華以指尖擦拭我的嘴角，直接舔了舔沾到巧克力的手指。

「我也一樣，我只會對你做這種事喔。因為你是特別的。」

不知為何，那個動作看來帶著說不出的性感，異樣地誘人。

我的女朋友很可愛喔————！為了壓抑想這樣放聲大喊的心情，我啜飲馬克杯裡的咖啡，遮住嘴角。

我們就這樣討論著夜華克服他人視線的課題，度過時光。

「已經想不出什麼點子了嗎？」

「不，還有最後一個點子。」

「有的話就說給我聽。」

夜華無疑不會喜歡這個提議，但我還是決定說說看。

「在文化祭上，班級也要參展對吧。試著報名當班級代表如何？」

「咦，那種事我才做不到！」

她的反應不出所料。

「試著做做看，或許會意外的有趣喔。」

「當代表要組織班級，發出指示對吧。那並不適合我。」

「當作成為女王的練習不就行了嗎？就像『我的命令可是絕對的』這樣。」

「以任性使喚人，和擔任領導者用人是不同的吧。」

夜華冷靜地反駁。

「我也是被指派而成為班長。等到我發現時，還被迫擔任了文化祭執行委員。不是出於我的意願決定的。」

「但是我認為希墨做得很好。」

「那純粹是我不喜歡明知事後會挨罵還偷懶啊。以這個意義來說，我是個膽小鬼。」

「怎麼可能。希墨意外地有男子氣概喔。一旦決定要做，你不是會試圖好好地達成使命嗎。不偷工減料好好努力，很了不起。」

「────」

情人不經意的一句話，讓我深受鼓舞。

她發現了我自己所不知道的一面帶來的驚訝，與她如此仔細關注我的溫柔，讓我高興得不得了。

「總、總之，不感興趣的經驗日後意外地會派上用場。如果妳不願意一個人做，我也陪妳一起做吧。反正我也要幫班上的忙。」

要如何度過學生時代，是個人自由。

有人興致高昂地享受學校活動，也有人事不關己我行我素地度過學校生活。

我並未強烈嚮往盡情歌頌青春之類的現充學生生活。

如果情人夜華沒有加入樂團，我連想也沒想過要在舞台上彈電吉他。

——凡事都看是否接受機緣巧合。

就我而言，我會姑且試著做做看。瀨名希墨的積極性就是這種程度。

現在，有坂夜華正在進行一生一次的挑戰。

應該盡量採取可能的措施，好讓挑戰成功吧。

「那樣不行！」

夜華認真的反對。

「希墨你不是有文化祭執行委員的工作要做嗎！明明還有樂團的練習，居然要再加上擔任班級參展的代表，你滿不在乎地接下太多工作了！這樣子不管身體有幾個都不夠用吧！」

我們學校重視學生的自主性，學生在學校活動方面有很大的裁量權。為了培養執行計畫的能力，擔任班長的人會自動納入文化祭執行委員會。因此，通常會另找代表負責班級參展事項。

「那我會分裂的。」

「做得到的話，你現在馬上就做給我看啊。」

「只要有愛的力量，說不定會發生奇蹟。」

「喔~如果能看到那種像魔法般的事情，我務必想拜見呢。」

夜華的大眼睛傻眼地看著我，在說那絕對不可能吧。

「我想說的是，我無論何時都想成為妳的助力。」

「這一點我相信。可是，希墨保護過度了。別再繼續增加自己的負擔了。」

正如夜華所言，我已經過勞這件事，不管在誰眼中看來都一目了然。

想到自己直到文化祭為止的行程，我便心情沉重。

儘管如此，若是為了夜華，我不以為苦。

如果最喜歡的女孩能夠克服社交恐懼症，我會欣然協助。

「當作為了變得強大的下一步，不是很好嗎？」

聽到朝姬同學的戀愛繼續宣言後，夜華在早晨的海邊許願「我想變得強大」。

她之所以決定參加樂團，也是為了改變自己所做的第一步。

為了使正式表演的演奏成功，適應他人的目光是必須條件。

如果面對的是每天在同一個空間生活的同班同學們，難度對夜華而言也會降低一些吧。

「……如果決定報名，我和你的見面時間會變得更少吧？」

夜華提不起勁地喃喃說道。

「我們在樂團練習時也能碰面，即使是在做準備工作，和妳共度的時間全都很愉快。」

情人在班上就是這麼回事。

我們可以在同一間教室裡，無論上課或下課時都一起共度。

「——這種說法太詐了。」

夜華透過手中拿著的歐菲香圈圈看向我。

即使遮住可愛的臉龐，唯有那美麗的眼睛看得一清二楚。

「相對的，等到活動結束後就來盡情約會吧。」

「嗯。」

夜華垂下目光，注視著馬克杯。

「關於班級代表這件事，讓我考慮一下。」

我們像這樣著眼於未來，高中二年級的第二學期開始了。

季節逐漸從夏天轉為秋天。

終於擺脫放完暑假的倦怠時，九月已經結束，迎來了運動會。

說到活動的重頭戲，當然是男女混合班際接力賽。

由各班選出男女選手各三名，一人跑跑道一圈，以六圈賽程決勝負。

二年A班的出場選手也像往常一樣，根據朝姫同學的調查，按照五十公尺短跑的記錄時間順序挑選。女生有運動社團社員，夜華也入選了。

一開始，她想像平常一樣拒絕，但來自周圍的勸說和我說的那句「這不也可以當作為文化祭而做的訓練嗎？」似乎成為了關鍵。

在運動會的正式比賽上，當接力棒傳給夜華時，順位相當落後。

夜華如怒濤般的猛烈追趕，一個接一個地超越了別班的選手。

美少女有坂夜華像賽馬的尾巴般甩動著馬尾，從後方一口氣接連趕超過去的戲劇性場面，讓操場為之沸騰。

我們班的順位一口氣上升，最後一棒七村更以第一名衝過了終點線。

同學們交口稱讚上演戲劇性大逆轉的功臣。

不習慣地被圍繞在人群中央，夜華顯得很不自在。

她也沒辦法冷漠對待歡欣鼓舞的大家，一臉苦惱地向我求助。

我看準時機，把夜華帶出人群。

當我們獨處後，我問她為什麼難得地全力飛奔，她的回答實在太有她的風格了。

『我想盡快結束被大家注視的時間，所以才用全力奔跑。』

她拚命奔跑不是為了勝利，而是為了逃避觀眾們的視線。

我放聲大笑，同時也很佩服她確實地做到了要求的結果。

有坂夜華果然很厲害。

運動會結束後，季節也終於有了秋天的感覺，制服更換為冬季款式。

距離十一月的文化祭還有一個多月。

在那一天的導師時間，我們決定了二年A班在文化祭上的參展主題。

一開始，先選出文化祭的男女各一名班級代表。

到這裡為止，都由身為班長的我和朝姬同學一如往常的主持會議進行。

從暑假前開始，我們就加入了文化祭執行委員會的整體管理團隊，會另外選出代表負責班級參展。

「那麼，有意願擔任的人請舉手。」

朝姬同學站在講台前，導師時間在她的主持下進行。

一名女生沉默的報名。

全班同學都同感驚訝。

當然，鼓勵她的人正是我。

不過，我沒想到她真的會報名。

舉起手的人，是我的情人有坂夜華。

有坂夜華的報名，讓班上的大家都很吃驚。

就連熟悉她的瀨名會成員們都瞪大雙眼，總是靜靜在旁觀注的神崎老師也露出難以置信的表情。

夜華對周遭投注而來的視線露出畏縮之色，但依然筆直地舉著手。

「呃，有其他女生想擔任文化祭的班級代表嗎？」

身為班長的朝姬同學的提問沒有獲得反應。

「那麼，由於沒有其他報名者，可以拜託有坂同學擔任文化祭的班級代表嗎？」

「好的。」

面對朝姬同學的最終確認，夜華毫不猶豫地答應了。

「那麼，女生就決定是有坂同學了。」

教室裡響起掌聲，夜華保持平靜的表情。

我很感興趣的注視著她，夜華察覺我的視線，用嘴型對我說「（別看我）」。

在事情化為現實之後，我有點不敢相信。雖然是我的提議，那個有坂夜華會出於自我意志參加學校活動，真是驚天動地。

等到教室內的騷動平息後，朝姬同學繼續主持會議。

「接下來，有男生想擔任代表嗎？」

這麼一來，按照男生的性子就會退縮。

以全校第一的美少女有坂夜華為搭檔來負責班級的參展，在各種意義上都會緊張，這並不難想像。

夜華平常幾乎不和我以外的男生交談。要從零開始和對方拉近關係，進行準備工作想必很辛苦吧。

如果沒有人報名，還是只能由我接下班級代表。

才剛這麼想著，一名身為少數例外的男生報名了。

「真沒辦法，我來做吧。」

舉起長臂的人，是我的好友七村龍。

他是籃球社的王牌選手，喜好女色的野性風帥哥。由我擔任幹事的好友團體瀨名會的發起人。這個身高近一百九十公分的長人，光是伸出鍛鍊過的肌肉手臂就散發強烈的存在感。

「這樣真是幫了大忙，不過籃球社那邊沒問題嗎？」我不禁確認。

「因為要打交流賽，文化祭第一天整個下午我都不在。除此之外沒有問題喔。」

「那麼，籃球社部沒有參展對吧。」

除了各班與志願團體以外，社團活動也會參展。雖然是以文化類社團為主，有時運動社團也會辦邀請賽及開臨時小吃攤等等。

聽到我的問題，七村將嘴巴抿成一條線。

「怎麼一臉不服的表情？」

「顧問說感覺我會卯足幹勁搭訕，制止了社團參展。」

「我想也是。」我回想起七村在海邊的作為。

暑假去旅行時，七村的搭訕把我也拖下水。而且面對年長的大姊姊，他幾乎快搭訕成功了。如果沒有神崎老師制止，到底會發生什麼情況呢。

「放心吧。我會讓對文化祭感到興奮的女生們好好享受樂趣的，你就期待著吧。」

我就是對那一點感到不安。

「如果因為你的關係導致永聖傳出負評，明年以後就無法舉辦文化祭了吧。」

我強烈支持籃球社顧問的英明決定。

話雖如此，七村做事有魄力又和夜華還算熟，他接下代表，對於我和班級而言都是如願以償。

因為沒有其他人報名，男生代表當然是七村龍。

「那麼，兩位請到前面來，說句話向大家打招呼。」

夜華與七村聽從朝姫同學的呼喚，並肩站到黑板前。

先站上講台的人，居然是夜華。

「我不會讓七村同學為所欲為。我會阻止所有企圖。」

夜華斷然宣告。

那句宣言讓所有人都愣住了。

慢了一拍後，女生們發出讚同的呼聲。

「等等，有坂！這是難得的文化祭耶。不要那麼嚴格嘛。」

七村似乎沒想到會一開始就遭到夜華牽制，連忙插嘴。

看到對外形象文靜的夜華先發制人，真是痛快。

我大笑著看向被打亂步調的七村。

本來夜華的實務能力遠在我之上。掌握這種程度的主導權是小菜一碟吧。她至今只是無意和周遭的人交流，沒有發揮能力罷了。

畢竟，她是那位傳奇學生會長有坂亞里亞的妹妹。

在教室靠窗側關注導師時間情況的神崎老師，也露出難以置信的神情。

「因為這是常識問題。」

夜華一臉淡漠，根本不聽七村的抗議。

「辦活動不講客套，別那麼死板嘛。」

「享受樂趣很重要。可是別太過放縱了。」

如果放任七村不管，二年A班的參展主題很可能會變得在滿足男生們的私心。班上的女生們似乎敏感地察覺了這一點，沒什麼人反對夜華的宣言。這代表她們可以接受適度的玩鬧，但太過火的話就不奉陪了吧。

男生們說真心話，應該有很多人想趁機利用七村的勁頭和氣勢。不過，在女生們如此團結的情況下，很難發出擁護七村的意見。如果隨便亂講話，可能會危及自己在班上的立場，出於這樣的盤算，他們只能老實地保持沉默。

「瀨名的影響力還真大。有坂也變得伶牙俐嘴嘍～」

七村臉上浮現意味深長的笑容，來回看著我和夜華。

「因、因為我和希墨是情侶，會受到他影響是當然的。」

當著大家的面，夜華主動承認了。

喔喔～那句發言讓教室裡響起一片感嘆聲。

我在四月發出情侶宣言時，班上所有同學都目睹了夜華有多慌張。與那時候相比，有坂夜華堂堂秀恩愛的態度令人瞠目結舌。

「咦，什麼？現在這個是什麼反應？我說了什麼奇怪的話嗎？吶，希墨。」

「原來夜華受到我這麼大的影響啊。好感動。」

我在一旁感慨萬千地點點頭。

「希墨不是這樣嗎？」

如果是平常的我，這時候會坦率承認我受到了影響吧。

「……這是祕密。」

我不知怎地這麼回答。

「希墨？」

「好了，秀恩愛就到此為止吧。還是妳想繼續秀給我們看？」七村打趣道。

「總、總之，既然擔任文化祭的班級代表，我會盡力而為。也請大家一起協助！」

夜華最後加上這句話，結束了問候。

老實說我放心了。

夜華比想像中更能清楚表達意思。

這一方面也多虧有七村當搭檔，使她可以像在瀨名會時一樣與人互動。

接著，七村站上前。

「我的問候省略。快來決定參展主題吧。因為我有一個最棒的提案。」

由於七村突然進入正題，我和朝姬同學都錯過了返回座位的時機。

我有種不好的預感。

「別突然開始啊。最棒的提案是什麼？」

「聽到這個提案以後，瀨名你也只能點頭同意喔。」

「你太天真了，七村。」

我浮現從容的笑容。

我可是在暑假看過情人穿泳裝的男人。如果以為我會屈服於平凡無奇的提案，那可就大錯特錯了。如果提案超出常識，我站在男朋友的立場，會盡全力阻止。

七村盯著我，然後向教室裡的男生們呢喃。

「——兔女郎。」

「你說兔女郎？」

我的心當場動搖了。

「沒錯，就是男人的浪漫。」

七村的切入點非常直接。

不是平凡無奇的提案。

太性感了。

總之，洋溢著難以抗拒的魅力。

這男人成為班級代表的真正目的就是這個。他滿心想利用職位，強行實現私心。這是貪婪的男人獲得權力就會失控的典型案例。

「可是，兔女郎也太過新穎了吧。」

我謹慎地斟酌用詞，試圖保持理智的態度。

「選擇女僕或其他無聊的角色扮演，跟別班撞主題也沒用吧！」

「你是說如果選兔女郎，就能比別班更顯眼？」

「性感與可愛會吸引客人蜂湧上門。」

讓女高中生穿上兔女郎服裝，的確會人氣爆炸吧。

「扮成兔女郎，具體上要做什麼？」

「說到兔女郎，就會想到賭場。用賭場咖啡廳為主題，請客人玩遊戲吧。」

「在文化祭上賭博不太妙吧。」

「我們不賭錢。提供點一杯飲料，玩一局遊戲的服務。」

「……這樣不是會出現點了很多杯飲料的人嗎？」

「那一定是口很渴吧。唉，讓客人解渴，就是咖啡廳的用途吧。」

七村露出非常邪惡的表情。

不管怎麼想，他都是打算讓客人出於不同的目的，連點好幾杯飲料。

「而且，瀨名。你捫心自問吧。你不也想看到有坂穿兔女郎裝的模樣嗎？」

聽到惡魔的低語，我不禁在腦海中想像了夜華的兔女郎打扮。

長長的兔耳髮帶、附蝴蝶結領結的假領子、充滿光澤的露肩緊身衣、手腕上的白袖口、屁股戴著可愛的圓尾巴、黑色網襪配高跟鞋。

穿著這身打扮的夜華羞澀的模樣。很完美。

我想看！

打從心底想看！

那未免也太過適合她了。

光是想像就性感又可愛過頭了，在親眼看到的那一天，我會怎麼樣呢？我沒有自信能維持正常的精神狀態。

現在夜華撒嬌的方式愈來愈大膽了，如果她穿上那麼性感的衣服逼近我，我就再也忍不住了。

「來吧，瀨名。你也成為兔女郎的支持者如何？協助我一起說服吧。然後堅持到底突破反對意見。」

我抱住腦袋。

就此墜入黑暗面好嗎？

七村不是被夜華警告過就會放棄的人。

他反倒企圖藉由拉攏我，實現自己的意見。

居然利用我這個夜華的致命弱點，好卑鄙的男人。

不知不覺間，討論變成了我和七村兩人在對話。

「你怎麼像笨蛋一樣一臉認真的在苦惱啊。」夜華傻眼的說。

「那兩個人如魚得水般生氣勃勃呢。」朝姬同學打趣。

「墨墨和七七感情還是很好～～」小宮好像當成了耳邊風。

其他女生的反應也大致類似，不過，男生有不少人露出從我們身上看到希望的表情。

「那麼，也問問女生的意見吧。支倉覺得呢？至少會有很多客人上門喔。」

七村魯莽地指名問朝姬同學。大家的目光聚集在她身上。

「還不錯啊。明顯有招攬客人的能力，這個點子本身也不壞。我們班上美女多，如果實行七村同學的計畫，我認為會非常受歡迎。」

朝姬同學居然給予了肯定的意見。

「看吧，兩位班長之一都同意了！大家怎麼看！」

就像形式改變了一般，七村一口氣用強硬的態度煽動。

朝姬同學太出乎意料的回答，讓我措手不及。

夜華也注視著朝姬同學的側臉，彷彿在說：「妳瘋了嗎？」

「七村同學～我看你好像誤會了，所以話說在前頭，只是這個方案不需要我來否決而已喔。」

「…………什麼？」

「文化祭上會有很多角色扮演類主題，是因為穿著可愛的服裝會讓女生本身興高采烈。不過，被不特定多數人觀看是另一個問題。最重要是——神崎老師不可能同意吧。」

這不是很明顯嗎。朝姬同學彷彿這麼說著地補充道。

至今都保持沉默的神崎老師終於開口了。

有一頭美麗黑髮的和風美人班導，淡漠的臉上浮現靜靜的憤怒之色。

「七村同學。你說了非常有趣的話呢。那是什麼來著，可以再說一次嗎？聽到與高中的文化祭太不相稱的字眼，是我的錯覺對吧？」

老師用沉穩的語氣說話，但眼神沒有笑意。她散發出的氣息表明了駁回。

「老師，我只是為了促進踴躍討論陳述自己的意見而已。對吧，瀨名！」

「別、別把我扯進來！提到兔女郎的人是七村吧！」

「在學校活動扮兔女郎是怎麼回事！」

神崎老師大發雷霆。

閒話休題。

聽完神崎老師簡短而嚴厲的訓話後，我們重新針對參展主題交換意見。

提供輕食和飲料的餐飲類提案果然很多。

只是，每一個提案都很常見，缺乏決定性的因素。

全班分成兩派，一派認為別標新立異，做常見的主題就行了；另一派覺得機會難得，想做新奇的事情。

討論陷入僵局，七村詢問我的意見。

「瀨名想怎麼做？我沒有想過兔女郎以外的點子，束手無策了喔。」

「那不是你想看的服裝嗎？」

也太過忠於欲望了吧。

「光是看著穿上可愛衣服的女孩，心情就會變得很幸福啊。」

「當著全班面前說得出這種話，七村的心理資質也太強了。」

「男人是追求浪漫的生物。」

「雖然是有道理啦。說真的，我認為食物和服裝再統一一點會更好。」

「舉例來說呢？」

我思索著。季節是秋季，有涼意的日子逐漸增加了。在漸漸變冷的季節中，讓人想要些溫暖的東西。我回想起在有點餓的放學路上，順道經過的便利商店。說到忍不住會和熱飲一起買下的東西，那就是——

「肉包。沒錯，就是中式肉包。賣肉包的……茶樓咖啡廳！服裝可以穿旗袍。大家不覺得這樣概念統整得很好，又很新穎嗎？」

我直接說出閃過腦海的想法。

「說得好，瀨名！旗袍很讚！」

七村興致勃勃。

「我也贊成。我有以前旅行時買的紀念品旗袍。」

出國旅行過許多次的夜華說道。有自己的旗袍，真不愧是她。

「我也想穿自己改過的服裝！這樣也是可以的吧。」

小宮進一步提出期望。

「如果開茶樓咖啡廳，可以一起供應珍珠奶茶等等。如果能供應熱的中國茶也不錯，但那麼做會降低翻桌率。」

朝姬同學已經開始模擬實際的情況。

「提供熱茶要等到涼了才能喝，每一組客人的逗留時間會變長呢。這樣一想，蒸熱肉包也需要時間。有沒有可以更迅速供應餐點的方法呢。」

夜華進一步提出問題點。

「我想飲料供應冷飲，肉包類用電烤盤煎烤可以節省時間喔。像煎餃和煎小籠包一樣，就供應煎肉包吧。」

「的確，這麼做或許能更快弄好。」

就是這個了～！在擅長做菜的夜華贊成我的意見後，班上的意見一下子統一了。

於是，二年A班的參展主題，決定為茶樓咖啡廳。

一順利結束導師時間進入午休後，七村就衝過來搭著我的肩膀。他滿是肌肉的手臂還是沉甸甸的。

「瀨名，真虧你想得到！真是個好主意。」

「只是直覺而已。」

「嘴上這麼說，其實你也想看有坂穿旗袍吧？」

「只要是夜華穿的，不管什麼服裝我都想看喔。」

「還是那麼令人嫉妒～」

「七村，你出面報名幫了大忙。夜華就拜託你了。」

「嗯。班上的事情交給我們，你專注在樂團上吧。未明在音樂方面很認真，如果偷懶，事情會很麻煩喔。」

「前男友的發言分量還真重。」

R-inks的團長叶未明和七村龍，去年夏天曾短暫地交往過。

「我和那傢伙連床也沒上過喔。不是那麼深入的男女關係。別大意了，瀨名。別以為一直會擁有女人的愛和錢包裡的錢！」

七村擺起戀愛前輩的架子嚇我。

「唸起來真不順口。硬湊過頭了。」

「但這是事實。女人很殘酷喔。不管多麼深情，在切斷關係時都很乾脆。」

「不要講這種可怕的話。唯有夜華不可能會這樣。」

「呵，高中生的戀愛很脆弱的。」

「我會銘記在心。」

即使無視七村的忠告，一想到接下來的忙碌行程，我心中閃過一絲不安。

七村去餐廳後，夜華交替地拿著便當盒來到我的座位。

因為想確保電吉他的練習時間，進入第二學期後，我和夜華改在教室裡吃午餐。

我迅速地吃完飯，立刻從袋子裡拿出電吉他。

我一邊和夜華交談，一邊左手練習和弦進行，右手彈撥琴弦。

「支倉同學即使看到我報名也沒有反應，讓我總覺得很在意。」

夜華微微壓低音量，提出話題。

「她有感到吃驚喔？」

「反應太安分了。我明明做出那麼不像我會做的事，她卻全部忽略，感覺太詭異了。」

「是妳想太多了吧。」

「你不覺得進入第二學期以後，支倉同學的樣子不太對勁嗎？」

「嗯～或許是有什麼煩惱之類的。」

「支倉同學會思考的事情，當然是如何讓你回頭看她吧。」

「朝姬同學可沒那麼滿腦子都是戀愛。」

「她都拒絕了學生會長花菱的告白耶。這種專情是相當棘手的。」

我停下彈電吉他的手，看著夜華的臉龐。

「朝姬同學被人告白本身並不稀奇。她態度親切，也擅長人際相處，受歡迎是當然的。從一年級的時候開始，就有許多人向她告白。」

我告訴夜華客觀的事實，但她看來仍未接受。

「那麼，假設花菱向妳告白，妳會答應嗎？他長得帥、頭腦聰明又有錢，是受歡迎條件齊備的優質股喔。」

「我拒絕。我無法接受輕浮的人。」

「就是這麼回事。不是任何人都會因為條件好，告白成功率就是100％。」

「首先在戀愛上重要的是感情的累積，而非條件。對吧？」

夜華露出微笑。

「唉，我從0％成功率開始，最後贏得了夜華的愛，不得不同意呢。」

「現在回顧起來，希墨從一開始便和別人不同。在這層意義上，機率是100％喔。」

夜華挺起胸膛回答。

「當時沒有立刻答應而逃跑的人，是哪邊的哪一位來著？」

「真是的～關於那件事，也是時候原諒我了吧。因為太過高興陷入震驚狀態，是我人生第一次的經驗，那也沒辦法呀。」

調侃對方，開玩笑似的生氣。

不知不覺間，這種隨意的互動已成為常態。

即使我們兩人在一起，周圍的人也都用理所當然的眼光看待。

瀨名希墨和有坂夜華這對情侶，被大家認知為公開的關係。

不會被好奇或嫉妒的目光盯著看，感覺非常輕鬆。

「真的，太過追求效率，不會有什麼好事發生呢。」

無論是和夜華的關係或是電吉他技巧的進步，不花費時間投入，就無法進展到下一步。

「……對夜華來說，即使朝姬同學恢復原本的狀態也沒關係嗎？」

當我這麼問，夜華給予意外的回答：

「傻瓜。支倉同學狀況不佳，不就會增加你的負擔嗎。反正你會無法置之不理，明明沒人拜託也自己去幫忙收場吧。如果希墨因為這樣累倒了，傷腦筋的可是大家。」

夜華在關心我的同時教訓道。

「……妳在擔心我啊。」

「那不是當然的嗎。因為希墨對我來說是最重要的。」

「夜華，我可以擁抱妳嗎？」

情人深深的愛情令我感動，不禁脫口而出。

「這裡可是教室，笨蛋。」

我再次在心中發誓，不要讓夜華擔心。

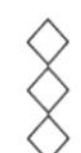

放學後，開完文化祭執行委員會的例行會議，我在前往樂團練習前找朝姬同學說話。
「我的煩惱？我想想，我希望早點確定主舞台的行程。」
「不，我是說朝姬同學個人方面。」
「怎麼突然這麼問，你和有坂同學吵架，想找我撒嬌嗎？」
一像這樣兩人交談，朝姬同學又回到平常的狀態。
「不是那樣的。」
「什麼啊，真可惜。我們是搭檔，你可以不用客氣地依靠我。在戀愛方面也是。」
她只是意味深長的回應，不肯回答關鍵的問題。
我決定試著更進一步深入。
「朝姬同學，因為我覺得妳從第二學期開始，沉思的時間好像變多了。」
「是嗎？不過，和希墨同學說話的時候，我很有精神對吧。」
她的回答方式像在打迷糊仗。看來果然是有什麼原因沒錯。
「我只是希望朝姬同學過得好而已。如果妳不願意說，不用勉強說出來。我只是好奇。」

「原來你在關注我啊。謝謝。」

朝姬同學露出圓滑的笑容，想避免我繼續追問。

「好了，你要去樂團的練習吧。加油。我也很期待。」

朝姬同學單方面地結束對話，往走廊走掉了。

我注視著她的背影，向她開口：

「朝姬同學！我也是妳的搭檔！妳可以不用客氣地依靠我！」

「……遇到緊急情況，我會這麼做的！」

朝姬同學回頭說道，儘管口氣開朗，我卻覺得她的笑容蒙著陰影。

「我不行了。我絕對沒辦法把電吉他彈好啦！」

注意力完全中斷，我大聲說起喪氣話。

我把電吉他放在架子上，呈大字形躺在地板上。

按琴弦的指尖疼痛，為了刷弦而保持彎曲的手臂也痠了。

拿撥片的右手似乎過於用力，一放開撥片，麻痺感就緩緩襲來。

背帶陷進去的左肩也好沉。

距離十一月的文化祭還有三週。

愈靠近正式表演的日子，我的焦慮就日漸增強。

「叶同學的指導，變得愈來愈斯巴達式了呢。」

夜華關心地在我身旁蹲下。

其他三人進入午休時間，出去買東西了。

「由叶未明作詞作曲的原創歌曲。採用連身為初學者的我也易於彈奏的單純和弦進行，曲調容易炒熱觀眾的熱情，舞台印象絕佳。而且放學後她還陪在身邊熱心地指導我。明明大量練習過了，我卻直到現在都沒辦法無失誤地彈完！」

「比起夏天剛開始練時可入耳多了。練習的曲子多達三首，以一個半月的時間來說，你成長了很多。」

「這樣溫柔地為我說話，我感動到哭了。」

我不經意地把頭轉向一旁，夜華包裹在膝上襪裡的美腿躍入眼簾。我順著往上看向白得耀眼的大腿，進一步到裙子深處——

「你在看哪裡？」

夜華合攏雙腿，伸手按住屁股側的裙子。她建立起銅牆鐵壁般的防禦，我無恥的視線沒了去處。

「不，就是獲得一點視覺上的療癒。」

「色鬼。」

「我的心脆弱到想隨便用色情來逃避的程度了～」

「第一次看到希墨像這樣叫苦呢。」

「我現在正面對著凡人的極限。」

「好了，太誇張了。你都認真地練習到滿身大汗，當然會累得筋疲力盡。吃完午飯之後，心情也會改變啦。」

和平常不同，今天夜華是給予鼓勵的一方。

「可能出現脫水症狀了。」

「好好地補充水分吧。」

夜華把我的礦泉水放到我身邊。

裡面只剩下一口分量的水。

我咕嘟一口氣喝光，但喉嚨依然乾渴。

「不夠多。水分全部化為青春的汗水流掉了。」

「如果沒辦法忍耐到大家回來，就去一樓的飲水機吧。」

「做不到。我連移動也嫌麻煩。」

「看來你累了呢。」

「……我好怨恨自己的笨拙。」

「別鬧彆扭。你是初學者，這也沒辦法。」

「明明都練習到睡眠不足的程度，卻沒有進步的跡象。」

我望著天花板。正因為很認真，沒辦法照想像中一般彈出來讓我很不甘心。

「距離正式表演還有時間，不要焦慮。希墨你一定做得到。」

「喔……」我好不容易才用含糊的聲音回答。

「希墨？」

糟糕。一方面是躺下的關係，我開始打瞌睡。眼皮自顧自地垂下。

於是，溫暖的觸感像依偎在我身上一樣緊貼過來。

「……在地上睡覺，制服會沾到灰塵喔。」

「因為我的心上人在睡覺嘛。我也要休息。」

夜華也和我一起躺了下來。

直到剛剛為止都響著轟鳴聲的練習室，唯獨現在鴉雀無聲。

夜華的鼻尖靠近我的頸子。

「不會有汗臭味嗎？」

「是我喜歡的味道。」

「我可沒噴香水喔。」

「是希墨的味道。」

「真讓我心跳加速。」

「我也來補充水分好了。」

夜華的舌尖舔了我的鎖骨附近一下。

「夜、夜華？」

「什麼事？」

「妳、妳剛剛……舔了我？」

「鹹鹹的。」

「因為是汗水嘛。」

當我再次把臉轉向旁邊，夜華的臉龐近在咫尺。

這不是我第一次遇到情人在睡覺時靠得很近的情況。我回想起春天剛交往不久時，夜華來我家過夜的事情。

當時，我們感覺還在摸索彼此的距離。光是在同一個房間裡過夜，明明已令我心跳加速，第二天早上一醒來發現夜華躺在身邊，讓我大吃一驚。我動彈不得，最後被睡昏頭的夜華緊緊抱住的我逃跑了。

不過，現在我能夠與她自然地依偎在一塊。

「距離好近呢。」

「是很近。」

我們目光交會。不需要言語。

我們不約而同地逐漸靠近，想將嘴唇交疊。

「喂～你們兩個，練習中禁止卿卿我我！這裡是演奏音樂的神聖地方！阿瀨和有坂同學，要卿卿我我也等到練完再說！」

我們的樂團R-inks團長叶未明返回練習室，甩著一頭金色長髮大喝。指導我彈電吉他的她，是個技巧卓絕、多才多藝的樂手，也是對音樂比任何人都更熱情而認真的輕音樂社領袖人物。

因此，在樂團練習時，她會化身為魔鬼教官。

在她身後，同班同學宮內日向花以及學生會長花菱清虎提著裝了大家午餐的袋子，面露苦笑。

「墨墨和夜夜的感情真的好甜蜜。」

從我們剛在一起開始一直都知情的金髮嬌小女孩小宮，沉穩地瞇起眼睛。

「兩情相悅的情侶真令人羨慕。」

清爽的多情帥哥花菱，以羨慕的眼神讚美著愛情。

我們慌忙起身，找著藉口。

包括主唱宮內日向花、電吉他手瀨名希墨、貝斯手叶未明、鍵盤手有坂夜華以及鼓手花菱清虎。

由這五人組成的樂團，就是R-inks。

五人吃完飯後，立刻展開下午的練習。

「阿瀨，手指力道的強弱太草率了。這種指法彈不出好音色。你要更深愛音樂！更像碰觸女孩子一樣細膩又小心！要更抱著愛撫有坂同學，讓她叫出來的想法！」

「唔呃？」

在一旁聽到的夜華發出錯愕的叫聲，鍵盤走音了。

演奏中斷。

「叶，別開黃腔。夜華對這種事免疫力很低。」

「不是的。這是認真的建議！」

「妳的感受性太尖銳了。」

「如果普通平凡，無法做出特別的東西！」

叶未明神情認真的回答。

她有一副不像日本人的好身材，五官立體相貌豔麗，一身淺黑色的肌膚與捲曲的金髮，具有四分之一拉美血統。

而實際上的她，宛如音樂狂戰士。

她正是音樂之子，與音樂這種藝術相思相愛。

可是，名將並不是名教頭。

出於天才資質的超感覺式指導，使她在說明時常用到狀聲詞和獨特語感來形容。

如果注意力過度放在解釋叶的意圖上，這次又會疏於手邊彈奏。

叶不會因為失誤本身而生氣。

她本人始終以非常積極的態度給予鼓勵，一個勁兒地為我加油。

我明白她愛管閒事的態度沒有惡意。

雖然明白，但那份期望有點有些沉重。

「叶，妳總是那麼熱心的指導樂團的團員嗎？」

「因為進步之後可以演奏得更開心啊。」

「……我很清楚叶的樂團會經常解散，除了戀愛之外還有其他原因了。抱歉，之前開玩笑說妳是樂團殺手。」

「現在有R-inks了，所以不重要。」

叶彷彿只要能以樂團演奏就滿足了一般，不在乎他人的評價。

像這樣接受她直接指導，讓我反省之前認為樂團解散原因全部涉及戀愛的膚淺想法。

「小瀨名，那是什麼意思？」花菱代為發問。

「為了叶而加入樂團的傢伙，即使別有用心，一開始還是努力回應了叶的熱情指導。」

「因為想得到在意的女孩認同，是男人的天性。」

花菱毫不猶豫地同意。

「只是，愈認真練習，他們愈會明白自己和叶在才能上的差距，或許對玩音樂感到很疲累吧。因為叶很喜歡音樂，會一直鼓勵人。我想或許有些人是因為鼓勵化為壓力之下而退出樂團的。」

「真諷刺。未明對音樂的愛適得其反了嗎。」

花菱這個人，不可思議地很適合那種談論哲學般的裝腔作勢口吻。

「……阿瀨也對我的教導方式感到很累嗎？」

叶小心翼翼地問。

「別說傻話。為了不在正式表演上丟臉，魔鬼教官的熱心指導是不可或缺的。」

決定在文化祭上擔任R-inks的電吉他手站上舞台，是我自己的決定。

「真不愧是阿瀨！就得這樣才行！」

叶的心情立刻好轉，我先警告道：

「說歸這麼說！實際上以我的實力，按照樂譜彈奏電吉他就盡全力了。達到在正式表演時不扯後腿的程度就夠了。」

「太天真了。阿瀨還在基礎階段。現在正在打造地基。而且，不要只滿足於按照樂譜彈奏！終點還在更前方！」

「叶打算把我培養成什麼樣子？」

「我所追求的，是阿瀨你將感受到的衝動直接化為音樂。」

「真是標準很高又抽象的要求。」

「你只是因為還是初學者，摸不著頭緒而已。你遲早會對僅僅彈奏感到不夠滿足，想把自己的情感投入演奏的。」

叶充滿自信地預言。

「我沒有那種餘力。」

「不是餘力，而是衝動，阿瀨。」

「是那樣嗎？」

我現在光是彈出正確的音符就竭盡全力，非常無法想像。

「希望阿瀨在正式表演前也能進入那種狀態。」

「目標設定得太高，任何人都不會幸福喔。」

「沒這回事！」叶眼神閃閃發光地反駁。她眼裡好像只看得到成功。

「叶，大多數觀眾都是來看妳的演奏。我不可能在文化祭前追上妳的水準。」

我很難想像自己會像少年漫畫一樣突然覺醒隱藏的才能，水準大躍進。

「我希望觀眾在現場表演中感受到的是R-inks特有的化學反應。不只是演奏技巧。既然和我組成樂團，大家都是主角。誰也不是附屬品。」

叶認真起來主張道。

「我會盡我所能，也想極力演奏好。但由我這樣的初學者負責文化祭的最終表演，不管怎麼想門檻都很高吧？」

R-inks將在文化祭第二天主舞台的最後出場。

依照團長叶未明的實際成績和期待值，等於從一開始就確定會在最後出場表演。

我們參加輕音樂部的甄選會，是出於叶的強烈要求，為了展示我們的表現。

R-inks的表現，即使說客套話也難以稱得上值得讚賞。

——這個樂團有問題。

首先，團員們的技術水準高低不一。

以讓專業樂手相形見絀的演奏技巧來彈奏貝斯的叶未明。徵選會等於也是靠著她洋溢律動感的貝斯突破的。

與她完全相反，我是個初學者。這個不用多說，省略。

花菱的鼓毫無疏漏地打出準確的節奏，支撐起樂團。不過按照叶的說法，好像欠缺趣味。『節奏很規律，卻沒有投入感情，很機械性。』面對這樣的評語，花菱露出了為難的表情。

小宮的演唱也非常穩定，在輕音樂社的眾人面前也能沒有問題地歌唱。至少在我聽來是這樣。不過，她同樣被叶抽象的指出『日向花太退縮了，要更多展現自己。』小宮看來想到了什麼。

然後是夜華。我對她的演奏技巧有自信打包票。叶似乎也在這方面很信任她。然而，在觀眾面前彈奏電子琴時，她會對目光感到緊張接連失誤。演奏本身也變得僵硬起來，缺乏活力，完全沒發揮原本的實力。

「說大家都是主角，這樣我很傷腦筋。如果表演時關注都集中在叶同學身上，對我來說更有幫助。」

夜華坦誠地揭露心中的不安。

「這個有困難。因為有坂同學擁有絕對性的魅力。那並非任何人都擁有的。就算有一大群可愛女孩走上舞台，也未必全體都會讓人留下印象對吧。不過，有坂同學具有在大批表演者中，也令人留下印象的特別之處。」

叶這樣斷言。因為父母從事音樂相關工作，她應該目睹過許多專業人士的舞台。正因為如此，這番話具有壓倒性的說服力。

我也跟叶持相同意見。

像夜華這樣特別的女孩，會吸引所有人的目光。

「小瀨名，沒辦法為了有坂同學調整舞台燈光嗎？」

學生會長花菱尋求我的意見。

「在燈光照明上下工夫，使夜華不會意識到觀眾的視線本身是能做到的。不過，這好歹是文化祭主舞台的最終表演。身為主舞台的負責人，我也抱著想在最後安排盛大舞台效果的心情……」

身為情人，我想滿足夜華的心情，但身為文化祭執行委員會的一員，我想給大家一個留下回憶的結尾。

「墨墨夾在中間也真辛苦。這是真實版的『工作和我，哪個更重要？』呢。」

小宮同情我之餘，也覺得有點好玩。

「我站在學生會長的立場，也贊成安排盛大舞台效果。」

當然，花菱也這樣回答。

「花菱你才是，別總是敲出軟弱無力的鼓聲，要更辛辣！演奏比舞台效果更重要！」

「我自認鼓點有敲對喔。」

「你雖然有按照樂譜敲鼓，最近這陣子音色心不在焉。像是節奏因為傷心而亂掉了。第二學期發生了什麼事？」

「……未明的耳朵真的很敏銳。」

花菱投降地暫時放下鼓棒。

「難得有機會，請聽我說。我現在正為深深的傷害所苦。傷口的疼痛與日俱增。」

花菱垂下眼眸，靜靜地揭露。

那帶著憂色的臉龐，看來會引發女生的同情。花菱會受歡迎不光是因為長得帥，也因為他這種不經意的一舉一動都能刺激女人心吧。

「傷口？你有哪邊受傷了嗎？」

我代表大家詢問。

「——失戀的痛讓我苦不堪言。」

花菱一臉認真地回答。

女生們大感掃興。

「花花公子的失戀，真的又變得更麻煩了～」

小宮用傻眼般的語氣唾棄地說。那句毫不留情的話，代表了女生們的心情。

「咦，花菱的真愛是誰？被誰甩了？有坂同學知道嗎？」

「我們班上的支倉同學。」

「……妳為什麼有點不高興？」

叶與夜華竊竊私語。

「小瀨名，這對我來說是第一次的經驗。你不能為好友的危機伸出援手嗎？這樣我沒辦法專心打鼓！」

「哎呀～只能請你在正式表演前設法振作了。」

很遺憾，關於這件事我也只能說出不痛不癢的建議。

自從聽說他被朝姬同學拒絕後，明明已經過了將近兩個月，他的傷痛看來尚未痊癒。

「你明明處處留情，卻因為一次失戀就步調大亂啊。」

我也痛切地了解，被戀情耍得團團轉的感覺。

認真的戀愛不容小看。

在夜華對告白保留回應的時候，我也一直心神不寧。

我到現在都忘不了，當時我無法控制自己的情緒，相當痛苦。

在這方面，我認為花菱至今都沒有讓周圍的人發覺，將學生會長的工作做得很好。

他靜靜地履行了身為文化祭執行委員會領導者應盡的職責。

倒不如說，R-inks成為他能將隱藏的洩氣話宣洩出來的地方，是種幸運吧？

「……很遺憾，真愛好像不一樣。」

總是悠哉地大力散發快樂氣息的帥哥，像陰天一般沉鬱。

「我還以為你是不會念念不忘的人。會更乾脆地切換到下一段戀情。」

能輕鬆享受戀愛的人，談的次數愈多，愈難對戀情抱著特別感。

「我也這麼以為。不，我試圖這麼以為。可是，認真的戀愛的痛楚，沒辦法這樣蒙混過去啊。」

受歡迎不等於不知道失戀的痛苦。

看到花菱的臉，我重新體認到這一點。

「能夠像這樣好好地說出洩氣話，你很了不起喔。」

「面對朝姬——支倉同學，我打腫臉充胖子設法撐到了最後。抱歉，在你們面前露出難堪的一面了。」

「覺得難受的時候，可以吐苦水喔。」

「不過，我們團長看來對我的鼓點並不滿意。」

叶將雙臂抱在胸前，對花菱的話點點頭。

「那麼，不管是憤怒的鼓聲或悲傷的鼓聲都行，試著將叶所說的衝動加入演奏如何？」

「這一招可以！不愧是阿瀨，很了解我的教學嘛！」

叶滿足地臉上蹦出光彩。

「這種程度的理解就行了喔。」我忍不住苦笑。

「那個，我本來打算在今天練習結束時說的，我有一個提議。」

理想高遠的團長叶未明眼中燃燒著熱情。

「因為大家很忙，能夠五個人好好練習的日子不是不多嗎？」

我猜，她是想加強她所說的五人的化學反應。

對音樂的愛太過強烈的叶、歌聲容易退縮的小宮、我這個徹底的初學者、因視線而緊張的夜華、正在傷心的花菱。

「在學校集合練習，只能練到傍晚吧。在外面租錄音室團練也要花錢，所以下週末，大家在我家的錄音室好好地集訓吧！」

「「「「集訓？」」」」

不用說，我們四人對於魔鬼教官的命令當然無權拒絕。

幕間一

二年A班茶樓咖啡廳的準備工作，進展順利到墨墨的擔心成了杞人憂天。

當上文化祭班級代表的夜夜和七七搭檔分工明確，均衡性極佳。

夜夜如今已是名副其實的班級指揮中心。

與巧妙地運用人望和親切感促使大家產生動力的朝姬形成對比，夜夜以主動率先行動來引領大家。

在第一次開會前，她獨自將食材、調理器材和各項用具等這個企畫所需的所有物品列出清單，甚至擬定了直到活動當天為止的大略計畫。

班上同學們對她的工作速度之快和精確大吃一驚。

開餐飲店時大家都覺得麻煩的提交申請文件手續，夜夜也不嫌繁瑣，迅速地處理好了。

儘管她本人謙虛地說：『我只是愛操心，不先把能做的事情做好會感到不安』，二年A班的每個人都產生了信任感，覺得只要相信有坂同學，就能放心了。

而負責做夜夜不擅長的交涉及個別細部指示的人，則是七七。

七七用他的大嗓門將提不起勁的人也拉進來，不斷推動準備工作。透過大家一起進行作業，來提升班級整體的團結意識。

如果對於夜夜的指示有不易理解之處，七七會像代表大家的心情一般，率先發問與表達意見。

『有坂是這麼說的。其他有疑問的人……沒有！那就展開作業嘍！』

七七會像這樣讓大家確實分享夜夜的想法，不讓任何人被拋在後頭，為作業的順利進展做出貢獻。

多虧兩位優秀的班級代表，墨墨與朝姬得以專注在文化祭執行委員會的工作上。

「原來七七能認真地進行團體作業啊。對你有點改觀了。」

「宮內。因為如果我扯有坂後腿，瀨名會發飆啊。」

七七一臉認真地說。

「墨墨一碰到夜夜的事情，就變了一個人。」

「既然事情託付給我了，這次實在不能偷懶。」

「是這次也不會才對吧？」

「這種事情不合我的作風。啊，好想打籃球。」

當我探頭仰望他的臉龐，七七在原地擺出投籃動作。

我知道。

七七連墨墨的份一起，認真地努力打籃球。但籃球是團體運動，單靠王牌選手一個人的奮鬥，未能晉級夏季的全國大賽。

與去年不同，我認為今年的七七比任何人都更切身了解大家齊心協力的重要性。

而我因為會用設計軟體，也鼓起勇氣，接下了茶樓咖啡廳的整體設計工作。

當天女生基本上穿旗袍，在討論到男生的服裝要穿什麼時，因為可以當作紀念品，我們班決定統一製作同一種款式的T恤。

「日向花，這T恤的設計很棒喔！」

「宮內，這個好時尚，我也很中意。」

不只夜夜和七七，班上的大家也都稱讚我的設計，讓我很高興。

「抱歉，害日向花的工作量增加了。不過，妳幫了很大的忙。」

「彼此彼此。夜夜也非常努力在做好班級代表嘛。」

「嗯。七村同學的強硬真的很可貴。」

「這就叫人盡其材。」

「真虧希墨和支倉同學能做這麼辛苦的事情，我再次感到很佩服啊。」

「不過，夜夜會努力，是為了墨墨對吧？」

「如果我失誤了，希墨一定會來幫忙吧。他為了學電吉他本來就很辛苦了，我不想繼續增加他的負擔。」

「是愛呢。」當我開玩笑，「嗯。」夜夜坦率地承認。

不必擔心也沒問題喔。

墨墨能夠努力，也是因為有夜夜在啊。

到了文化祭舉行的前兩週，每天都很忙碌。

即使在下課時間，執行委員會的成員也會來我的教室找我商量或核對資料。主舞台負責團隊的LINE群組裡充滿了各樣訊息，有些訊息如果我不回覆，事情就會停頓，所以查看手機也是不可或缺的動作。

放學後，主舞台負責團隊大都要進行商議。

我們排妥預定在舞台出場的團體及表演節目的細節，根據內容逐步調整包含音響和燈光在內的演出效果計畫。

「今年果然也出現了申請文件寫得天花亂墜，一確認細節卻發現毫無具體性，或是只有幹勁在空轉的企畫呢。」

「就算我們學校校風自由，也有明顯是只用三分鐘想出來的草率案子！」

剛才的商議，使得朝姬同學心情不佳。

「雖然我不是不懂想在節慶上引人注目的心情。」

我用含蓄的話語安撫朝姬同學。

「就算是這樣，在身為女性的我面前，真虧他們能像那樣大開黃腔。只有男生聚在一起的時候，都像那樣子嗎？」

「實在沒到那個程度……」

朝姬同學會生氣也是理所當然的。

剛才和我與朝姬同學進行商議的，是喜愛搞笑的志願者團體。

他們的節目是在舞台上表演自製短劇，但我們觀看了正式表演的短劇劇本，發現唯獨擔任團體代表的搭檔的橋段用了很多下流笑點，最後還會脫衣惹觀眾發笑。

不僅內容令人聽不下去，我還有種不好的預感，這些傢伙在正式表演時很可能全身脫得精光。

當我想早早結束商議時，朝姬同學制止了我。

『希墨同學。為了慎重起見，聽到最後吧。為了慎重起見。』

『可是他們吸引觀眾的哏糟糕透頂耶？』

『搞笑重要的是結尾吧。』

朝姬同學戴著微笑的面具，但眼中絲毫沒有笑意。

很可惜的是，我們判斷這個節目很有可能嚴重損害永聖高中的招牌。

我們以文化祭執行委員會的立場，宣告要這對搭檔放棄出場，或是全面修改短劇內容後再度接受審查。

原本，文化祭執行委員會很少對節目內容做出這麼大的干涉。

儘管如此，我們不能坐視不適合文化祭的內容出現。

學生們在學校活動方面有很大的裁量權，是因為永聖秉持培養學生自我判斷能力的教育方針。並非百無禁忌。

班級參展主題有班導師檢查，在內容上極端的例子並不多，但志願者的作品偶爾會摻雜過於追求獨創性的企畫。

遭到勸退的那對搭檔什麼話不好說，居然說『這是權力的專制！反對限制表達！』莫名地以藝術家自居發出抗議。

於是，朝姬同學發飆了。

『只不過是在性騷擾，別講得很了不起似的！要拿那種自我滿足的自慰以藝術家自居，還差得遠呢！如果真的想站上舞台，就給我認真編排！別小看搞笑！』

被迫聽了很多不好笑的下流哏，無法再維持撲克臉的朝姬同學放聲大喝，結束了商議。

「我喜歡搞笑節目，本來相當期待的，糟透了。」

朝姬同學大失所望地嘆了口氣。

參與商議的一年級執行委員會成員們也有點嚇到了。

「如果放過那種節目，當他們在正式表演上即將闖禍時，我們就必須從舞台邊衝上去阻止了。」我幫腔道。

朝姬同學似乎也切換了心情，重新面對他們。

「像剛才那樣的當然免談，因為也有這種情況，所以要留意申請文件內容空洞的團體。可能失控的部分，要在商議階段確實做修正。不然對於其他認真準備文化祭的團體也很失禮。審查要嚴格，正式表演時才開心！」

「我們明白了！」當朝姬同學笑著告訴他們，一年級生們朝氣蓬勃地回答。

面對美麗的學姊，果然會想留下好印象吧。

我並非不懂那種男人心。

我看著筆記型電腦上顯示的核對清單，確認仍有許多空白的時間表。

「差不多也該確定所有行程了。」

朝姬同學也把肩膀靠過來，一起探頭注視螢幕。

「如果不嚴格遵守時間，時間表很可能真的會大亂。」

我根據去年的經驗，不厭其煩地反覆說道。

舞台上潛藏著魔鬼。

無論準備得多麼周到，正式表演時總會發生意外的麻煩。

我們並非專業人士。

因為是高中生，無論是誰，站上舞台後都有可能腦海變得一片空白。有時試圖挽回失誤而比預期中花了更多時間；有時則因為現場氣氛太過熱烈，完全忘掉了結束時間。

如果不事先預料到這種小小的時間延誤，為行程預留餘地，就會像連環車禍般，對後續行程造成影響。

擔任舞台最終表演的我們R-inks，演奏時間上也很可能受到影響。

這是夜華的重要大場面。

無論是出於個人或職務的角度，我絕對想避免破壞它。

「既然管理時間表的希墨同學負責最終表演，最後你會自己做調整對吧。」

「沒辦法啦。最後一切都交給朝姬同學，在最壞的情況下就刪除安可部分。」

「怎麼可能呢。為了避免那種情況發生，大家要聽從我的指示喔。」

當朝姬同學開口，「我們會加油的！」一年級生們充滿朝氣地回應。

真好懂啊～年輕人們。

「打擾了。瀨名學長、支倉學姊。音響器材業者差不多快到了，請過來會議室。」

教室的門打開，同樣負責主舞台的一年級女生特地過來叫我們。

我們收好東西，來到走廊。窗外的天色已經轉暗，走廊上的空氣像戶外般陰涼。

「原來朝姬同學喜歡搞笑啊。我第一次得知呢。」

「咦，我沒說過嗎？」

「第一次聽說。」

「希墨同學會不知道，是因為對我不感興趣嗎？」

「為什麼會是這樣？」

她猝不及防地用意味深長的口吻說道，我不禁慌張起來。

「開玩笑的。這樣啊，我不常和你聊到這種個人話題呢。」

「……而且，妳像那樣生氣，也令我有點驚訝。」

我沒有朝姬同學曾拉高嗓門的印象，感覺像是看見了新的一面。

「我面對媽媽時經常會這樣，只要有看不順眼的地方，我們彼此會直接說出來，馬上吵起來。」

「喔，就是愈吵架感情愈好嗎？」

「雖然如果能不用吵架，那才是最好的。」

「的確沒錯。不過，看到妳有精力生氣，我放心了一點。」

「……我跟平常有那麼大的差異嗎？」

朝姬同學露出傷腦筋的表情。

「當了半年搭檔，隱約察覺得到。」

朝姬同學無論面對任何人，都是親切的優等生。總是不露破綻的她，進入第二學期後，看來沒意識到他人目光的瞬間增加了。

「真丟臉。我明明是把學校與私生活劃分清楚的類型啊。」

「即使露出破綻，那也不是什麼壞事。」

「對我來說，扮演優等生或許更輕鬆。」

朝姬同學像自言自語般地這麼說。

「如果演戲演累了，我來聽妳吐苦水。」

「你現在明明沒有時間。」

「時間是硬擠出來的。」

我這麼誇口。

在會議室裡，我們在老師陪同下，與業者討論喇叭的設置及配線事務。

由於對方是從亞里亞小姐擔任學生會長那時開始每年承包的業者，已掌握了大致的狀況。我們傳達今年的變更之處後，商議順利地結束了。

「有坂同學的姊姊作為學生會長果然很優秀。她為文化祭仔細編寫了指南留給學弟妹，很有幫助。」

朝姬同學看著手邊的指南感嘆道。

文化祭執行委員會保存著永聖高中文化祭經營指南，這本是在有坂亞里亞擔任學生會長的時代編寫的參考書。

每年執行委員會都會把所需頁面的影本發給各部門負責人，並根據內容進行準備。

今天與音響業者的商議，當然也參考了那份資料。

「話雖如此，自亞里亞小姐畢業後已經過了很久，我個人差不多想要本修訂版了。特別是想修改活動當天的幕後進行指南。」

「我認為沒有問題，不過你在意的話，找學生會長商量看看如何？」

直到暑假為止，朝姬同學都以姓名稱呼花菱清虎。自從拒絕他的告白後，稱呼好像換成了學生會長。

這一點花菱也一樣。他以前都輕鬆地直呼她的名字，但現在改用姓氏稱她為支倉同學，以此劃分界線。

「我會的。那麼我去輕音樂社了。」

「辛苦了。練習加油。」

「謝謝。朝姬同學也辛苦了。」

和朝姬同學告別後，我前往輕音樂社，加入R-inks的練習。

老實說，我沒有為班上的茶樓咖啡廳幫上多少忙。貢獻頂多只有在練習的空檔陪夜華商量她提出的問題而已。

「這邊你不用在意。光是得到希墨的意見，就很有幫助了。」

能這麼回答的夜華，看起來十分可靠。

只是，最近這陣子我們之間大都是這種事務性的互動，情侶般的閒聊減少了很多。

我在魔鬼教官的熱心個別指導下，投入地持續彈奏電吉他直到放學時間。

當R-inks五人到齊時，則是不斷地演練曲目。

當練習結束後，五人會在回家路上的便利商店買東西吃，並一起走到車站。

儘管對於家住高中附近的我來說是繞遠路，但那是能與大家聊天的寶貴時間。

「那麼，辛苦了！明天見！」

在車站，只有我沒走進剪票口，目送四人離開。

夜華依依不捨的表情令我胸口抽緊，但我露出笑容揮揮手。

其實我想和夜華兩人獨處，說更多話。

夜華的父母在國外工作，即使晚歸也不會挨任何人的罵。話雖如此，如果留住夜華害她更晚回家，身為男朋友我會擔心。

而且如今R-inks的五人是命運共同體。這麼做感覺會破壞樂團的和諧，我對於只有我們單獨行動有所顧慮。

今天的風又大又冷，時間也晚了，我也累了。

我獨自折返，回到家中。

◇◇◇

吃完遲來的晚餐和洗好澡休息了一會兒後，我開始自行練習。

我一邊回想叶當天的指導一邊反覆練習，總之讓身體記憶下來。

既然在學校沒辦法練太久，即使得削減睡眠時間也得家中練習，否則趕不上正式表演。這個時間家人都睡了，為了怕太吵，我沒有接放大器。只是不斷唰唰地彈著電吉他弦。

「好，休息一下！」

由於專注力中斷了，我躺到床上。長時間保持相同姿勢，變得僵硬的身體逐漸放鬆下來。隨著卸下力道，這次換成睡意湧上。

一方面為了擺脫睡意，我打電話給某個人。

『喔～電吉他手打電話給我，還真稀奇。』

「我可沒那麼帥氣啊，亞里亞小姐。」

『我會從觀看舞台表演來判斷你的成果，阿希。』

雖然時間已過晚上十一點，有坂亞里亞以情緒高漲的聲音接了電話。

「請別給我施加太大的壓力。」

『這次你也沒偷懶，有好好練習對吧。沒問題啦。』

在考高中時再三關照過我的亞里亞小姐，對我不抱任何疑問地打包票。

「即使並不完美，我也會盡力做到最好。」

『很好。』

以前亞里亞小姐對我說過的話，我牢牢地銘記在心中。

「妳現在有空嗎？我有事情想要請教。」

『問我？什麼事？』

「是關於亞里亞小姐以前編寫的永聖文化祭經營指南。我想要修改一下。」

『咦，你們還在用那份資料啊。不會吧？』

亞里亞小姐打從心底感到驚訝。

「偉大的實際成績直接化為了傳統啊。學弟妹要推翻了不起的前例是很辛苦的。」

『我很榮幸能獲得這個評價，但傳統如果不更新，會化為陳年舊規喔。』

明明隨你們高興就行了，亞里亞小姐擺出這種態度。

「那麼，我就冒昧地修改了。」

『喔，這是我和阿希超越時空的共同作業呢。』

「請別用奇怪的形容描述。」

『因為我編寫時是打算當成討論用原案，沒想到直到現在還在用。』

「那麼精確的指南，沒辦法輕易修改啊。」

『因為副會長小玄性格一本正經，他花了很多精力製作。』

哎呀，我心想。

「真難得會從亞里亞小姐口中聽到男性的名字呢。」

『你好奇我的高中時代嗎？』

「一般程度吧。」

『小玄雖然固執，但聰明又充滿幹勁，每次都會認真地協助我說想做的事情，幫了很大的忙。』

「聽起來是相當優秀的人呢。我也能理解亞里亞小姐為何會當上會長，對校園活動進行各種改革了。」

既有能提出構想，充滿魅力的領袖，又有能力優秀的執行者，是如虎添翼吧。

正因為集結了那樣的夥伴，有坂亞里亞才會是傳奇學生會長。

只靠一個人的力量絕對無法成為傳奇。

『當時我無法面對小夜，在某方面把學生會活動當成了逃避。』

亞里亞小姐用冷淡的語調自虐地說。

「即使是逃避，只要做出結果就是最好的吧。」

『你今天很溫柔嘛。』

「因為是我請妳陪我講電話到這麼晚。」

『和阿希聊天很愉快喔。』

「能當作妳打發時間的消遣，那再好也不過了。」

『最近晚上沒人陪我聊天，我好寂寞。小夜好像每天都很累，洗完澡後立刻睡著了。由於這樣，晚上獨自喝酒也很無趣。』

由於亞里亞小姐很會聊，如果放著不管，對話就會繼續下去。讀國中時，在補習班下課後，我經常和亞里亞小姐聊到忘了時間，真令人懷念。

「有樂團的事又擔任文化祭的班級代表，夜華正在盡力做好不習慣的事情呢。」

『阿希你才是，有樂團與班級的參展主題要忙，還擔任文化祭執行委員吧？』

「像亞里亞小姐也知道的一樣，到了文化祭的時期，不是每次都很忙亂嗎。要說我有什麼不滿，頂多是無法和夜華去約會而已。」

『…………』

電話另一頭陷入沉默。

「那個，亞里亞小姐？喂？」

『在電話裡秀恩愛，讓我有點不爽。』

「不，夜華應該跟你講過很多我的事情吧。」

『直接聽到妹妹男朋友說出口是另一回事！』

她的心情怎麼突然變差了。

「亞里亞小姐？」

『指南就隨你高興吧！注意別把身體搞垮了！晚安！』

亞里亞小姐單方面掛斷了電話。

是我說錯話了嗎？還是她在發酒瘋？

生氣卻還擔心我，真有亞里亞小姐的風格。

「好了，再努力一會兒吧。」
拜聊天所賜，睡意也散去了。
我再度抱起電吉他，握住撥片。

◇◇◇

「希墨，早安～！」
於是今天早上，妹妹映也活力十足地落在我小腹上。
她猛然飛撲到床上的衝擊，強行喚醒我的意識。
我幾乎睜不開沉重的眼皮，但還是從放在枕邊的手機勉強查看時間。
電吉他冰冷地倒在我身旁。原本拿在手中的撥片也下落不明。
時間彷彿跳過了一般，不知不覺間就來到早上。
「希～墨～早上了。人家按照你的交代，來叫醒你嘍。」
「……………」
我領悟到我很難靠自己醒來，拜託映叫我起床。
對於映旁若無人的工作態度，我既不想道謝也不想抱怨，沉默地粗魯挪開正處在成長期的妹妹。

這半年來映又長高了一點，身材變得越發不像小學生。

如果是陌生人，會誤以為映是長相超娃娃臉的大學生喔。

不，妳真的要擁有身為女孩的一般警覺心和各種自覺啊。

哪怕是親哥哥，真的也別輕易跨騎在異性身上。

「希墨都沒有反應，好無聊喔。」

「別用草率的方法測量我的活力。還有要叫我哥哥。」

我坐起沉重的上半身，想擺脫剛睡醒的倦怠。

「希墨，你看起來好睏。」

「因為實際上我是睡眠不足啊。」

即使大大伸個懶腰，昏昏欲睡的腦袋還是沒有清醒。

「你要和夜華一起現場表演對吧？」

「沒錯。除了我以外，大家實力都很好，我正在努力追上他們。」

「人家也想看現場表演！」

「要來無所謂，但是得找人陪妳同行。」

「在附近而已，我一個人也沒問題。」

「夏日祭典時，是哪個傢伙迷路了啊？」

我用懷疑的眼神看著只有嘴巴很會說的妹妹。

「沒問題。因為人家已經成長了！」

「我信不過。」

我斷然駁回。

「那麼，我和日向花一起去看！」

「小宮也要登台唱歌，沒辦法喔。」

「咦，日向花也要出場嗎？」

「怎麼，妳不知道嗎？」

「嗯。」

映有點受到打擊。

「小宮對要不要當主唱感到猶豫，一定是將事情保密了。」

「那麼，我和誰一起去看好呢？夜華的姊姊？紫鶴老師？」

「妹妹啊，妳為什麼會毫不遲疑地提到兩位大人物美女？」

是映是大人物？還是因為年幼而不知恐懼為何物呢？

居然想拜託兩大巨頭陪同去看現場表演，真有膽量。

「和她們一起去，感覺可以在好位子上看表演。」

理由格外的現實。

亞里亞小姐感覺會意外乾脆地答應，不過太麻煩她也過意不去。

「可是，爸爸和媽媽當天都有工作。」

爸爸要提前前往出差地點，擔任雜誌編輯的媽媽要參加攝影，我們的父母很忙碌。

「要找人，就拜託紗夕好了。」

「……紗夕感覺變成熟了，我會緊張。」映不知為何退縮了。

「雖然我搞不太懂，原來妳也有這種謹慎的地方啊。能不能也發揮在我身上？」

「因為希墨是希墨。」

到底要怎麼做，才能獲得身為兄長的威嚴呢？真煩惱。

「紗夕應該有茶道社的參展要忙，但在現場表演前會結束吧。我去問問她。」

「沒問題嗎？不要忘記喔！」

最後提醒了一句後，映走出房間。

我也做好各種準備，下樓來到一樓。

在客廳裡，映正在替水族箱裡的金魚放飼料。

正如映宣言過的一般，她有好好地自己照顧在夏日祭典廟會上撈到的金魚。

因為剛起床還沒有食慾，我早餐只喝了咖啡與吃了餅乾。

我茫然地看著新聞節目的氣象預報，預報說從今天起氣溫會下降。

請充分注意健康管理，播報氣象的小姐說。

「希墨，再不出門要遲到了。」

映的聲音令我回過神。

我套上制服的外套，走出家門。

「瀨名同學。請精神抖擻一點。你的聲音有氣無力的。」

早上的導師時間，我立刻受到神崎老師告誡。

「老師，那我可以去保健室小睡嗎？」

「請別公然企圖蹺課。在你還能貧嘴的時候，我無法同意。」

「可以再考慮一下嗎？」

「駁回。」

「保健室不行的話，茶道社如何呢？我喜歡榻榻米，會保持安靜。」

「瀨名同學。」

「是。」

「我不會再說第二次。」

「失禮了。」

收到從講台上貫射而來的目光，我的睡意終於醒了。

神崎老師冰冷的眼神，對於驅散睡意的效果立竿見影。

導師時間結束後，夜華的身旁圍繞了一圈人。

小宮和七村也在，大概是在討論班上要推出的茶樓咖啡廳吧。以文化祭為契機，夜華和同學們的交流大幅增加。我認為這是非常好的徵兆。

也許是察覺我的視線，夜華看向了我。

她一瞬間露出歉疚的表情，但立刻回到對話上。

儘管想和夜華說話，但打擾他們也不好，現在就忍耐吧。

「居然能和神崎老師閒扯那麼多廢話，希墨同學真是大人物。」

朝姬同學坐到我前方的位子上。

「是嗎？我沒有那個意思就是了。」

「愈是自己的長處，本人愈沒有自覺呢。」

「比方說呢？」

「輕音樂社的領袖人物，叶未明的新樂團R-inks。叶同學彈貝斯、主唱是宮內同學、鍵盤手是有坂同學、希墨同學負責電吉他，然後，學生會長則是鼓手。要怎麼做，才能湊齊這些不可思議的團員？」

「唉，因為我的品德吧。」

「原來這一點你知道啊。」

我以開玩笑的意思隨口回答，朝姬同學卻意外乾脆地肯定了。

「如果我有那種人性魅力，就會更活得更享受了，嘿呦。」

我嘟囔著想趴到桌上。

「即使現在睡覺，第一節課也馬上要開始嘍～」朝姬同學伸出手，開始緩緩揉按我的肩膀。

「啊～就是那裡，真有效～」

「你肌肉非常僵硬喔，希墨同學。特別是左肩硬梆梆的。是因為揹著電吉他背帶的關係嗎？」

「朝姬同學好會按摩啊。」

「……因為我經常幫媽媽按肩膀。」

「朝姬同學，妳有什麼煩惱嗎？」

我認為她想找人商量。

「現在，我們家人之間正發生巨大的變化。」

「具體來說呢？」

「我媽媽要再婚。」

朝姬同學小聲地悄然低語。

「感覺不像是能坦率道賀的樣子呢。」

「老實說，我相當困惑。」

「一個陌生人突然要變成家人，會感到困惑是當然的。」

「雖然聽起來或許是小孩子鬧脾氣，我們家一直是母女二人互助合作努力走過來的。所以，我無法想像家人突然增加的情況。在各方面都會害怕。」

「妳已經見過對方了嗎？」

「媽媽介紹過了。他看起來人非常好。我很清楚他很珍惜媽媽。」

朝姬同學的回答含糊不清。

「另外還有其他問題嗎？」

「總之，只是我還不夠成熟罷了。」

我轉頭看著仍將手放在我肩頭的朝姬同學的雙眼。

「妳有把自己的不安好好地告訴母親嗎？」

「還沒有。」

「妳反對再婚嗎？」

「並不是那樣。可是——」

朝姬同學的嘴唇顫抖著，彷彿在尋找話語。

然而，無論等待多久，她都沒有說出後面的話。

沒多久後，鈴聲響起，這個話題懸而未決地中止了。

第五話　不負責任，但並非毫無意義

「希學長，可以打擾一下嗎？」

我從國中起的學妹幸波紗夕，在午休時間造訪二年A班的教室。

她染成奶茶色的亮棕色頭髮剪成及肩的中短髮，側分的瀏海用髮夾夾起。制服襯衫敞開第一個釦子，裙子長度偏短。看來剛剛開始享受女高中生花樣年華，充滿現充光環的一年級生登場，在教室裡突然引起騷動。

「怎麼了，紗夕？」

「不好意思，沒事先通知。我的朋友正好有舞台事務想商量，我就帶人過來了。現在方便嗎？」

「ＯＫ，說給聽我吧。」

我將電吉他放到旁邊。

「不愧是希學長！因為你很忙，我本來想拜託夜學姊，但還是對認識多年的希學長比較好開口。」

正如那句話般，紗夕的態度和以前一樣隨和。

她向走廊招招手，應該是她朋友的女生們陸續走進教室。

人數多達七人。

「大家別擔心。希學長很和善，別客氣的發問吧！」

陌生的學妹們將我的座位團團圍住。我有種被全方位查看的心情，反倒是我覺得緊張。

一聽之下，她們好像是偶像同好會。

與舞蹈社不同，她們是女偶像的熱情粉絲團體。

在這次文化祭的主舞台上，她們將穿著偶像服裝，配合歌曲展示舞蹈。而且，還想盡可能重現偶像的現場表演。

她們想問的問題是關於正式表演。表演者一般是從舞台側上場，但她們想從體育館後方及台下等多個地點同時出現，聚集到舞台上。

為了實現這一點，首先得看人員問題。若不將人員配屬在她們出現的各處，互相緊密聯絡，讓七人登場的時機準確相符，場面會很尷尬。

因為還有人要跑過觀眾席之間，我也擔心安全方面。

寬敞的體育館裡擺滿了摺疊椅。

觀眾席側燈光昏暗，養護中的地板上四處布滿配線。觀眾的行李有時也會形成障礙。萬一跌倒了，不僅表演會失敗，在最糟的情況下還可能受傷。

「順便問一下，除了負責表演的妳們以外，有多少人會來幫忙？」

我確認前提。

「沒有人。只有我們七個人而已。所以我們想拜託文化祭執行委員會的成員協助……」

「我很了解妳們在一年一度的文化祭上，不願妥協的心情。」我表達理解後，向她們傳達自己的見解。

首先在安全方面有疑慮，在她們把因應工作完全交給我們時，計畫便難以實現。

主舞台負責團隊也是以有限的人數輪班來推動舞台，因此沒有多餘人手。如同我和朝姬同學會為了幫忙茶樓咖啡廳而離開一般，大家也分別要參加自己班上的參展主題。最重要的是，從公平性的觀點來看，不能認同為了特定團體臨時增加人手這種例外。

我仔細說明以上內容，告訴她們，目前的計畫不可能實現。

「一旦容許了一個例外，將不得不接受其他團體的所有要求。如果這麼做的話，我們將一直忙於進行調整，無法迎來正式活動吧。」

正因為有期限與限制，事情才得以完成。

抱有很高的理想是好事。

但如果不讓理想實現，那只是空中樓閣。

為了這樣的理想在現實中成功，我認為學會割捨也很重要。

要為守護真正想珍惜的事物，刻意去割捨。

站在職務立場上，我要求她們做到這一點。

「對妳們而言，最重要的是講究現場表演效果？還是讓觀眾看得開懷？妳們認為以哪一點為優先，會令妳們更加滿足？」

她們的答案是後者。

「嗯。相對的，希望妳們能積極看待，當成這是能夠專注於鑽研表演的機會。謝謝妳們特地過來一趟。」

在真摯地接受我的意見的女生們先回去後，紗夕一臉佩服地看著我。

「總覺得希學長的說服方式有點成熟呢。」

「那就拜託妳支援她們了。」

「了解！那麼，這是陪她們商量的謝禮。」

紗夕可愛的敬禮後，從口袋裡拿出銀色包裝的果凍飲料遞給我。

「希學長從以前就愛喝這個對吧。」

「明明不用費心的。」

「請老實地收下來自可愛學妹的禮物。話說希學長，你好像有點憔悴耶？你從以前開始，只要決定鑽研某件事，不就會徹底專注，疏忽其他事情嗎？」

「會嗎？」

「會啊。比方說，你有沒有什麼事情要拜託我？」

「有事情拜託？」

是什麼事來著？

紗夕直盯著我的眼睛等待回答，但不管怎麼思考，我也沒有頭緒。

「真是的！就是帶小映去看希學長的現場表演！」

我忘得一乾二淨。不行啊，因為是剛起床時的對話，我似乎沒記在腦中。

「紗夕為什麼會知道？」

「小映今天早上來拜託我，我馬上答應了。真是的，居然忘掉重要妹妹的請求。小映也體諒疲憊的希學長，主動過來聯絡，真是長大了。」

紗夕主動打開果凍飲料的封蓋，交給了我。這意思好像是要我當場喝掉。

「那麼，我就感激地收下了。」

我喝光飲料，能源補充完畢。我習慣用全力吸飲料，以免有剩下沒喝完的部分。飲料包變得乾癟癟的。

「紗夕，茶道社那邊怎麼樣？」

在暑假的瀨名會旅行中，紗夕受到社團顧問神崎老師親自邀請，從第二學期開始正式加入茶道社。

「因為茶道社的人大都性格內向，像我這種會主動行動的類型很受重視。」

「太好了。聽妳這麼說，我便放心了。」

「是的。朝學姊與神崎老師也對我很好。啊，在文化祭上，我也會泡茶。方便的話，請跟夜學姊一起過來玩吧。」

「喔。我會過去露臉的。」

「那就約好了喔！」

紗夕帶著笑容提醒我，返回自己的教室。

放學後。在文化祭執行委員會的例行會議結束後，花菱直接走向我。

因為之後有R-inks的團體練習，他是要和我一起過去吧。

「那麼，我要去茶道社，先走一步。學生會長也辛苦了。」朝姬同學匆匆地離開現場。

「……小瀨名，在練習前要不要兩個人休息一會兒？」

「會議時間本來就拖長了，晚到的話，魔鬼教官會罵人喔。」

各部門有順利之處，也有不太理想之處，但還是設法進入了最後衝刺。感覺文化祭終於即將到來了。

「你完全成了聽話的學生嘍。小瀨名真是認真。」

「因為我不能在夜華面前，彈出差勁的演奏啊。」

「我明白你的心情，可是你在開會時，顯得很睏喔。」

「——也對。休息一下來恢復專注力好了。」

「那我們去屋頂上吧。」

我們在半路上的自動販賣機購買熱飲，來到屋頂上。

推開沉重的門扉後，接觸到涼爽的空氣，我的意識一口氣清晰起來。

氣溫下降到這種程度，沒有人會為了打發時間來到露天的屋頂上。

儘管如此，還是有幾個團體正在這裡為文化祭做練習。

我和花菱從他們身旁經過，尋找可以放鬆的地方。

其中一處只有女生聚集在一起，她們正在練習跳舞。

她們跳舞用的歌曲是Beyond the Idol的熱門歌曲《七彩Climax》。這個簡稱為Beyol的團體，是去年參加過紅白的當紅偶像。

「是學生會長耶。」當手提音響播放的歌曲結束時，女生們以高亢的聲調向經過旁邊的花菱攀談。

當帥哥花菱揮手回應，女生們越發興奮地發出尖叫。

不愧是學校的紅人，果然很受女生歡迎。

「啊，瀨名學長，中午謝謝你！」

她們也來找我說話，我嚇了一跳。

仔細一看，她們是紗夕中午帶來的偶像同好會成員們。

「妳們馬上開始努力練習了啊。」

「是的。大家討論過後，決定將舞蹈提升到動作完美一致的水準！我們認為這麼做，觀眾們看到也會很驚訝。」

「嗯。我也這麼認為。我替妳們加油。」

我側眼看著她們的舞蹈，在空著的長椅上坐下。

「你和她們認識？」

「今天午休時，她們來商量舞台的表演效果。」

「小瀨名，你有好好休息嗎？」

「最近別說和夜華約會，甚至連日常對話也減少了，很難熬啊。晚上夜華也變得早睡，如果打電話或傳訊息吵醒她也不好，所以我都沒傳。」

「真厲害。原來對於小瀨名而言，有坂同學的存在就是療癒。」

「話雖如此，或許也是時候聽到她生氣的說，最近怎麼不常聯絡了吧？」

「有坂同學也知道，小瀨名在忍耐啊。」

午後低斜的夕陽耀眼。

購買時熱騰騰的罐裝咖啡，變得正好適合飲用。

「女生們跳舞真可愛。」

「光是能記住Beyol困難的編舞，就很厲害了。」

她們把在外行人眼中看來也水準很高的編舞，跳得有模有樣。

「小瀨名在Beyol裡支持誰？我是立石蘭吧。」

「你偏好和朝姬同學一樣的短髮嗎？我是去年退團的惠麻久良羽吧。」

「你才是，喜歡類型是像有坂同學一樣的長髮美人，口味真一致。不過，小瀨名喜歡偶像嗎？有點意外呢。」

「去年同班的同學有Beyol的粉絲。常常會講給我聽。我妹也是粉絲，在她們上音樂節目時，經常會模仿她們跳舞。」

「你那前途看好的妹妹啊。那孩子無疑會出落成美人喔。」

「很難講。她到現在還是很孩子氣，害人操心個沒完。」

「那是因為小瀨名太疼愛妹妹了吧。從她在夏日祭典時的態度來看，就知道她很黏哥哥。」

「你在夏日祭典時找到迷路的映，幫了大忙。我再次向你道謝，花菱。」

「這不算什麼。能擔任美少女的騎士，是男人的榮譽。」

花菱能若無其事地講出這種台詞，而且還很適合，真是厲害。

「我明白你受歡迎的理由了。」

「我只是一直都在尋求真愛罷了。」

「希望你能早日找到。」

「如果有直截了當地備妥的命運之戀與紅線就好了，但在現實中那是不可能的。」

「沒關係嗎，如果有那種東西，就再也無法移情別戀了喔。」

或許是被一語道破，花菱彷彿因夕陽而眩目般瞇起眼睛。

「吶，小瀨名。你認為為什麼我們學校的屋頂可以上來？」

「咦，不是因為屋頂本來就開放嗎？」

「屋頂原本是禁止進入的。然而，有某位學生會長實現選舉諾言，開放了屋頂。」

「某位學生會長，難道是……」

我腦海中浮現那個人的面容。

花菱回以微笑，彷彿在說我猜對了。

「沒錯，就是小瀨名情人的姊姊。有坂亞里亞小姐。」

「那個人留下的功績也太多了！」

像擴大文化祭的舉辦規模也好，這所永聖高中裡充滿了有坂亞里亞的足跡。

「『說到青春，就會想到屋頂吧。』聽說她是出於這麼輕鬆的動機來實現開放的。實際上，那一年的文化祭舉辦了從屋頂上公開告白的活動，大受好評。大家大概都想借助活動這個藉口與氣氛的力量、討個吉利使自己的愛情實現吧。」

啊啊，那一幕已經浮現在我眼前。

「你知道得真清楚。不愧是學生會長，熟知過去的歷史呢。」

「不，我哥在當時的學生會。聽說他被永聖史上第一個一年級學生會長耍得團團轉呢。」

「哎呀哎呀。你哥哥吃了很多苦吧。」

我不禁自顧自地產生親近感。

「花菱的哥哥是什麼樣的人？」

「我哥哥花菱玄臣，是我們家醫院的繼承人，有義務成為醫生，像個沉默寡言的武士。他與我不同，性格非常拘謹嚴肅。是從以前開始便在優秀精英之路上向前衝刺的類型。」

儘管對於兄長相當謙虛，身為弟弟的花菱清虎也是學年第三名的秀才。

而他這麼無條件的尊敬哥哥，他哥哥應該是相當優秀的人吧。

「……你哥哥是不是綽號叫小玄？」

當我急切地問，花菱點點頭。

「小玄居然是花菱的大哥？」

亞里亞小姐是魔鬼嗎。居然找在學生會選舉中擊敗的對手，還是高年級生當副會長，這可不是容易做到的事。從某種意義來說，這段插曲很符合亞里亞小姐的風格。

「咦，你知道我哥哥？」

「最近我從亞里亞小姐本人口中聽過那個名字。話說回來，真虧你哥哥答應當副會長呢。當那個自由奔放的亞里亞小姐的搭檔，明明不用想也知道會很辛苦。」

「他被糾纏不休的招攬，不情願地答應了。一開始抱怨的哥哥，好像也在不知不覺間被年紀小的學生會長的魅力吸引。據說最後還告白了。」

「咦，真的假的。果然是在校舍後方的櫻花樹下告白嗎？」

「……沒錯。」

「結果怎麼樣？」

我非常好奇。若是花菱的哥哥，長相肯定很英俊。

如果在學生會一起活動，萌生浪漫關係也不足為奇。

放暑假前，我在從神崎老師家回去的路上跟亞里亞小姐一起在咖啡廳吃早餐時，她的口吻聽起來像是沒有情人，或許其實是隱瞞著沒說。

啊，不過她向夜華解釋過，她把和神崎老師之間的相處經過謊稱是跟男朋友發生的。

「你追問得真起勁，小瀨名。你的表情看起來非常開心喔。」

「因為這樣就有哏可以用來調侃亞里亞小姐了。」

「在由於姊妹關係認識之後，果然也會有機會碰面嗎？」

「其實我先認識亞里亞小姐。她以前在我國中時上過的補習班打工，擔任講師。」

「…………小瀨名運氣其實非常好呢。」

花菱難得地露出真心驚訝的表情。

「是巧合啦。基本上，你遠比我受歡迎得多吧。」

「我只是因為長相被選中而已。對於女孩子來說，我就像一個能用來向周遭的人炫耀的飾品。」

「也不必那麼貶低自己吧。」

「因為女生也有性慾啊。和男人一樣，厭倦之後便會移情別戀。」

「講得好白啊，真是看透人情冷暖。」

被花菱指出現實，我不禁想抱住腦袋。

儘管夜華沒有說出口，她也積壓了許多東西嗎？

「能遇見特別的女孩，與她真正兩情相悅的你更棒喔。」

花菱看來打從心底感到羨慕。

「對你而言，朝姬同學曾是特別的女孩嗎？」

花菱約我來屋頂上，其實應該是想聊朝姬同學的事情吧。

「我不知道。至少對我來說，支倉朝姬與其他女孩不同。雖然結果只是我單方面的誤會。」

「你只是談了太多次戀愛，對於戀愛變得太過淡漠罷了。」

「是嗎？」

「戀愛的開端，一開始是單方面的誤會吧。能夠像個傻瓜般熱烈著迷的對象，才是特別的人不是嗎？能不能交往是另一個問題。」

「……小瀨名。你能和有坂同學成為情侶真好。」

「嗯，因為有夜華在，讓我有動力努力。」

光是心中有確切的事物存在，人便能發揮自己都想不到的力量。

「像這樣很帥氣喔。」

他面對男性也會一臉認真的稱讚人，我害臊地試圖轉移話題。

「好了，告訴我你哥哥告白的結果吧。」

「聽說她以正在煩惱與妹妹之間的關係，現在沒有餘力談戀愛為由拒絕了。那就像要把人一刀兩斷般凌厲果斷喔。無論在那之前或之後，我都是第一次見到哥哥那麼精神被擊垮的樣子。事情發生在他考上醫學院之後，算是值得慶幸吧。」

「亞里亞小姐想交往的對象，到底是怎麼樣的人呢？」

花菱像看開了一般回答我不經意的發言。

「不管什麼樣的俊男美女，都未必會與真愛結合，是戀愛的有趣之處。」

「哈哈，徹底冷掉了呢。」花菱終於拉開咖啡罐拉環，皺起眉頭。

「是時候過去了。氣溫變冷了。」

如果讓她們等太久，魔鬼教官很可怕的。

我也一口氣喝光剩下的咖啡。罐裝飲料一打開後，馬上會開始冷卻。購買時的溫熱早已消失。

「只是，哥哥的失戀也帶來了好事。」

「是什麼？」

「為了消愁解悶，哥哥買下一套鼓。拜此所賜，我像這樣學會了打鼓。雖然沒想到會以這種形式和大家組成樂團就是了。」

「世事會如何聯繫在一起，很難說啊。」

我感慨地呢喃。

「……吶，小瀨名。這份思念的痛楚總有一天也會消失，化為單純的回憶嗎？」

「不知道呢，我們還正值青春啊。」

「小瀨名的戀情不會以青春的回憶告終——」花菱的話說到一半停住下。

「什麼啊，這裡要坦率地支持我們啊。」

「先前，我曾支持一個猶豫不決的女生去告白。我判斷告白有勝算而支持她去行動。可是，看來結果並不順利。老實說，我很後悔，心想是不是做出了非常不負責任的事情。」

「——花菱你其實不只戀愛方面，在根本上超級被動的。」

長相出眾的花菱憑藉著因為受歡迎而培養出的輕快精神當武器，同時似乎暗中擔心著自己容易隨波逐流這一點。

「我擅長察言觀色，回應來自周遭的期待本身也令我樂在其中。特別是戀愛方面，很容易理解。」

像花菱這樣沐浴在許多女生散發出的明顯示好信號中的人生，對於男性來說想必很輕鬆愉快吧。

「只是，當我主動採取行動時經常會失敗。向支倉同學告白也是如此。」

「支持不負責任，但並非毫無意義。我這麼認為，所以希望你支持我喔。」

有只限於當場的加油，也有陪伴對方的活動來給予支援，支持也有著各種做法。

「支持是指雖然沒有人知道未來會怎樣，但希望對方加油，做出結果。如果對方因為獲得支持展開行動，那就是有意義的。當然，有時也感到支持是種重擔，覺得煩人。不過，受到支持的人還是會很高興喔。」

在獨自一人艱苦奮鬥之際，有時會因為不經意的一句話受到鼓舞。

「而且，你自己剛剛也說過吧。『失戀也帶來了好事』。對於那女孩來說，應該一定也有好事的。」

「────」

花菱仰望白晝氣息漸漸消失的天空。

「所以呢，花菱。毫無顧慮地推我一把吧！」

我轉身背對花菱。

「小瀨名到死為止都和有坂同學幸福生活吧！」

花菱用祈禱般的語氣說道，輕輕碰觸我的背部。

當我們抵達練習室，叶不出所料正在不高興。
「男生們，動作真慢。特別是阿瀨！最需要練習的人遲到是怎麼回事！」
三位女生已經到齊了。
看來今天夜華也順利的結束了班上的準備作業。
「抱歉！我們聊了一會兒男生之間的私房話！」
我光明正大地回答。
不知何故，就是想這麼說。
聽到我乾脆的說法，花菱也配合地說「是女生禁止聽的敏感話題」。
「～～真是的！好了，馬上去做準備！」
彷彿覺得是浪費時間，叶沒有深入追問。
「你和花菱同學聊了什麼話題？」我在準備電吉他時，夜華走了過來。
「要我告訴妳嗎？」
「咦，可以嗎？」
我當場緊抱住夜華代替回答。
因為很突然，夜華不知如何是好地在我懷中僵住了。

先不提兩人獨處的時候，我很少在別人面前光明正大地擁抱她。

即使如此，我像在表達愛意一般，毫不在乎地用全身緊貼著她。

他們三人當然看了過來，但我緊抱著不肯放手。

「希希希、希墨？」

「夜華，我喜歡妳。」

我在她耳畔呢喃。

「怎麼了？」

「我現在非常想這麼做，我想再次確認，能夠與喜歡的人交往有多麼可貴。」

真不可思議。

光是感受到夜華的體溫，我的身心就倏然輕鬆起來。

「不用擔心，我也很喜歡你。」

「但是，最近我們不常說話吧？」

「可是，這也無可奈何……」

「所以，才得強行緊貼在一起啊。在我們耗盡能量之前，先補充精神能源。」

夜華也放鬆身體的力道，手臂環在我的背上。

「小瀨名，秀恩愛喔。」

「墨墨好有男子氣慨。」

「阿瀨，在練習中要節制戀愛～！」

「再等一下！不然我們就當場接吻喔！」

「希墨，當著朋友面前接吻實在？」

「咦～夜華，我記得我們的初吻的確是在涉谷——」

在我說完之前，夜華便大喊：「那是我收到項鍊很開心，一時衝動！」同時用雙手摀住我的嘴巴。

那一天，我第一次成功地無失誤彈完了三首曲子。

第六話　集訓！

星期六是從早晨開始便充滿秋天氣息的爽朗晴天。

為了展開兩天一夜的集訓，我們R-inks的成員於早上九點在離叶家最近的車站集合。

大家的便服分別展現了個性，十分有趣。

不如說，我們五個人的服裝偏好完全不同。

我在戶外風格外套下穿著長T和牛仔褲。運動鞋是穿慣的那雙白色Air Force 1，打扮休閒。背上的背包裡裝著住宿一晚份的換洗衣物等等，手中提著電吉他袋。

夜華一如往常地穿著流露良好教養的高雅服裝。品質精良的薄毛衣配長裙，黑絲襪配短靴，是很有秋天風格的組合。她脖子上圍著紅圍巾，還披著Burberry的風衣。

因為最近完全未能去約會，我第一次看到夜華的秋裝。好可愛。

「真想直接來場公園約會。」

「接下來是集訓吧。不過，我也有同樣的心情就是了。」

聽到我不禁說出口的真心話，夜華輕輕地抓住我的小指。

小宮一身一眼就能看出來的龐克造型。皮夾克搭配碎花連身裙及黑色網襪，腳上是一雙厚重的厚底黑色長靴。配上小宮的金髮和妝容，看來可以直接登上舞台。

叶則是典型的頹廢風打扮。寬條紋毛衣，綁在腰際的法蘭絨襯衫與破洞牛仔褲，腳上穿著Converse的Jack Purcell。本人的開朗氣質不變，但明明是一身休閒的服裝，卻蘊釀出獨特的魅力。

花菱是整潔的都會風格。他戴上平光眼鏡，開襟羊毛衫配立領襯衫，修身褲以絕妙的長度露出腳邊的襪子，穿著經典的New Balance灰色運動鞋。

該怎麼說，服裝是五個人五種風格，方向相差太遠，很難相信我們屬於同一個樂團。

「我們所有人的衣服品味也差異太大了吧？真好笑。」

叶好像被我們的服裝之缺乏統一感戳中笑點，放聲大笑。

「啊～真有意思。沒演奏音樂也能開心，太棒了。那麼在去我家之前，先去購物吧。」

我們首先前往超市採購集訓兩天所需的食材。

接著抵達叶未明家，那裡位於幽靜住宅區，有一層地下室的三層樓透天厝。

建築物時尚的外觀，展現了建築設計師的品味。

以藝術為生的人，果然在許多方面都很時髦啊，我產生這種感想。

「爸爸和媽媽有現場表演的工作，會待在外地過完週末，我們可以充分練習！」

叶未明興致勃勃地邀請我們進入家中。

可供住宿的客房也有好幾間，我和花菱兩個男生組同住一間。

女生組好像是在叶的房間裡鋪被窩，三個人一起睡。

因為要馬上展開練習，我們把買來的食材放進廚房冰箱裡，解開最低限度的行李後，立刻下樓到地下室的錄音室。

她家中居然有電梯。

電梯門一打開，眼前是一間全國樂團樂手夢寐以求的完全隔音自家錄音室。

我這個外行人不懂專業知識，但一眼就能看出所費不貲。大型喇叭及各種器材自不用說，從整套鼓算起的各種樂器也一應俱全。有一道牆做成鏡面，可以查看唱歌時的模樣。據說連專業音樂家也會過來借用這裡。

「真厲害。」

「這設備相當正式啊。」

當我和花菱正在驚訝，「你們兩個快點準備樂器。花菱可以隨意更換鼓的配置。」叶俐落地發出指示。

「叶，妳情緒好high啊。」

「我要和朋友一起過夜，全心投入音樂耶，怎麼可能不開心嘛。」

叶露出燦爛的笑容，用髮圈將長髮紮在後面。

看來她已經準備萬全。

「別興奮過頭了。這樣妳對我的指導會變得格外嚴苛。」

希望她在指導上灌注的熱情也要適可而止。

「……對了，R-inks或許是我第一次以自己的樂團集訓呢。」

這個事實令叶本身吃了一驚。

「若是熱愛練習的叶未明，不是會常常像這樣練習集訓嗎？」

「嗯～為什麼呢？是阿瀨彈得太拙劣，讓我看不下去嗎？」

「期待集訓的成果吧。」

「不如說，我不需要除了進步以外的結果。」

叶突然露出認真的眼神。

「我會努力的。」

「普通的努力不夠。要超努力。」

「這也太毅力論了！」

「少年漫畫的主角都是在經歷嚴苛的修行後逐漸變強的。」

「我只是普通人。」

「你或許會覺醒隱藏的才能。」

「如果我有那種東西，就快點引導出來吧。」

「真是責任重大。那麼，我可得更加嚴格了。」

糟糕，我自掘墳墓了？

魔鬼教官眼睛閃閃發亮，滿心想要嚴格訓練我。

嗯～亞里亞小姐也好、神崎老師也好，為什麼站在指導我立場的女性大家都這麼毫不留情呢？

「小瀨名果然很受關愛呢。」

在後面準備鼓的花菱，說出脫線的感想。

「哪裡呀！這只是強人所難吧。」

「強人所難分為兩種。純粹的刁難，以及期待看到成長而刻意施加負擔。未明顯然是後者。對吧？」

「嗯嗯。阿瀨絕對做得到，放心吧！」

叶打包票的口吻太輕鬆了。

練習突然從調音展開。

因為我終於可以彈完所有曲子，我們全體一起演奏到最後，再由叶給予細部的指示。反覆這樣練習。

儘管小失誤不斷，我變得能切實感受到不少演奏的快樂。

我的指尖變硬，不用太盯著手邊也能彈出和弦。

雖然這不代表正在一下子迅速成長，我的確漸漸有餘力開始聆聽大家的演奏了。

「我或許有點進步了耶。」

在休息時，我感受到小小的成就感，不禁喃喃說道。

「一開始我還擔心會怎麼樣，不過已經漸漸有了最低限度的樣子。你的狀況正在變好呢。」

叶難得地稱讚了我。

「不過，我每次都拚命避免失誤喔。」

「只要認真地練下去，失誤自然會逐漸減少。照這個步調加油吧。下一個課題是即使失誤也別表現在臉上，演奏到底喔。」

「看吧，馬上又增加了新要求！」

她只要一有空檔就會拋出指示，為了免得忘掉，我匆匆地記錄在手機裡。

記錄下來的項目，在不知不覺間也增加了許多。

「如果電吉他手在舞台上驚慌失措，那很難看吧。不管手滑得多厲害，都以冷靜的表情擺出『我彈得很完美』的態度才適合。」

叶給予我關鍵的建議，眨眨眼睛。

「關於這一點，反倒更需要擔心夜華不是嗎？」

「有坂同學在練習時是最穩定的人。差不多需要劇烈療法了嗎。」

叶突然拿手機自拍，然後迅速打字。看樣子好像是在社群軟體上發文。

「好，ＯＫ。一方面也當作宣傳文化祭，今晚九點來直播現場表演，拜託嘍！」

「什麼？」

魔鬼教官突然的預約，令我完全措手不及。

其他三人的反應也大致類似。

「未未，這也太突然了？」

「別擔心。我帳號的跟隨人數破萬，總會有人來看啦。」

「不是觀看人數的問題！」

小宮也相當慌張。

「日向花要更加積極，抱著讓你們聽聽我的歌的心情來演唱。妳得更加陶醉在唱歌這件事上。」

叶豎起大拇指，興致勃勃地表示「妳做得到啦」。

「花菱不要緊嗎？」

「多虧在屋頂上找小瀨名聊過，我覺得暢快了一點。」

當我詢問，他輕輕敲響銅鈸回答。

至於關鍵的夜華，她在電子琴前像冰雕般僵住不動。

美麗的臉龐徹底失去血色，畏縮得令人同情。

連花菱敲響的銅鈸聲也沒讓她解凍。

「阿瀨。有坂同學果然是會對上影片感到緊張的類型嗎？」

「這一看就知道了吧。唉，如果能只專注在演奏上，應該沒問題，可是……」

即使不在眼前，也會有不特定多數人透過螢幕觀看。

在夜華眼中，那和在現場被他人盯著看大同小異吧。

話雖如此，夜華與叶第一次在輕音樂社社團教室合奏時，我偷偷拍下了那一幕。當時夜華完全沒有發現。

要怎麼做才能讓夜華變得相當時一樣呢？

只要累積經驗就會適應，這當然也是一方面。

實際上，自從擔任文化祭的班級代表後，夜華與周遭眾人的對話大幅增加了。能像這樣來朋友家過夜，也是因為她已經在夏天和瀨名會的大家一起去旅行過了。

每一個經驗，正確實地使得夜華成長。

現在是全力以赴的時候。

「那不是正好嗎。可以輕鬆地以正式表演的感覺練習。」

心態超級積極的叶在夜華面前舉起手機，「來～請露出燦爛的笑容。」模仿攝影師玩了起來。

「侵、侵害肖像權！」

她復活後的第一句話語調生硬。啊，她非常緊張呢。

「回想起第一次和我合奏時的情況。當時的有坂同學非常專注在演奏上。用同樣的感覺去做就行了。」

看來叶果然也發現了。

「別說得那麼簡單。最近我也漸漸習慣跟叶同學一起演奏了，沒辦法像一開始時那樣。」

「說得像情侶的倦怠期似的。」我不禁笑出來。

「我會演奏出比當時更令有坂同學滿足的音樂！」

看樣子夜華的一句話點燃了她的鬥志。

輕音樂社的領袖人物終於開始拿出真本領了喔。

上午的練習結束，進入午餐時間。

為了順便轉換心情，大家決定在客廳吃午餐。

午餐是從超市買來的便當與小菜。

我們邊吃便當邊聊的話題，是晚上的直播要做什麼。

我們的團長，輕鬆地提議要大家全體露臉演奏。
聽說從去年的文化祭之後，叶就會定期上傳自彈自唱和改編既有樂曲的影片。
例如，我和花菱在屋頂上聽到的Beyond the Idol的歌曲《七彩Climax》。
叶曾將這首歌改編為硬式搖滾風格發表過。
那支影片傳開了。傳播得很廣。
由於連歌曲原唱Beyol都看到消息，成員們全都給予反應，叶未明的社群帳號關注人數到現在仍還在繼續增加。
再加上她是相貌輪廓鮮明，帶著異國風情的現任女高中生，關注者會日漸擴展也是必然的趨勢。
聽說當她表明今年也會參加文化祭時，有很多人留言說會去會場觀看。
「叶比想像中更厲害啊……」
我能理解為什麼輕音樂社的眾人那麼尊敬她了。
話雖如此，由於其他四人都反對露臉，最終折衷的結果是在直播影片中只會拍到叶。
只有夜華直到最後都反對直播，但她的意見未被採納。
「晚上有更多樂趣了呢。」唯獨叶充滿了期待。

吃完午餐後，下午也展開扎實的練習。練習突然變成晚上直播的排練，在正面意義上一下子增添了緊張感。

那是一段高密度的時光，在每個人的弱點紛紛突顯出來的狀況中，接受如何發揮自身實力的考驗。

我們一遍又一遍地反覆演奏同一首曲子，又待在沒有陽光照射的地下室裡，時間感漸漸麻痺。

「是時候吃些點心休息了！」在團長一聲令下，進入茶點時間。

我們再次回到客廳，一邊喝茶或咖啡，一邊吃零食放鬆一下。

大家都漸露疲憊之色。

特別疲勞的我，採用特別的方式來休息。

「……小瀨名態度變得很理直氣壯了呢。」

「夜夜也乾脆地接受了。」

我請坐在沙發上的夜華讓我枕在她的大腿上。

「啊～大腿真是天堂。」

「希墨，那個感想很噁心。」

儘管嘴巴上這麼說，夜華也沒有拒絕讓我枕在大腿的意思。

不如說她很在意晚上的實況，與我在另一種意義上同樣無精打采。

「這也沒辦法吧。這樣躺著，我可以秒速睡著。」

「還有三秒。」

「好短？起碼也要三小時吧！」

「太久了。我的腳會麻。還有三分鐘。」

「那麼，我會盡全力享受這三分鐘。」

「減少三十秒好了。」

「我會老老實實的，請維持三分鐘。」

我透過與情人的肌膚接觸逐漸回復專注力和體力等等。

在目光所及之處，掃地機器人Roomba正在努力打掃。那從房間角落移動到另一個角落勤快四處移動的模樣，看來像隻機械鱉。

「你們兩個人又在聊不正經的話題了。」

叶責怪地眯起眼睛。

「我是透過可以在別人面前打情罵俏，來鍛鍊夜華的膽量。」

「咦，是這樣嗎？」

就當作是這麼回事吧，夜華。我還不想離開這雙大腿。

「現在是休息時間，我就不追究了，但你要節制一點。在朋友家中打情罵俏，一般來說不太妥當。」

「關於這一點真是抱歉。」

「如果覺得抱歉，就先從有坂同學的大腿上抬起頭啊。」

「這是我恢復體力必須的步驟。為了之後的練習，請別追究吧。」

叶領悟到對我說也沒用，將話題拋向夜華。

「我以為有坂同學在戀愛上也會像平常一樣冷靜，沒想到妳是會黏著男朋友撒嬌的類型。老實說，我很意外。」

「沒、沒這回事……」

被當面指出這一點，夜華沒辦法否認到底。

「啊，沒關係沒關係。想對心上人撒嬌是當然的。我爸媽也很甜蜜。」

「叶同學。」

「只是，在練習中請別這麼做。」

「好的。」

辣妹風的叶叮嚀學年第一名的優等生夜華的畫面，看起來很新鮮。

「叶同學和七村同學以前交往過，果然經歷過各種戀愛關係嗎？」

彷彿覺得這是個好機會，夜華提出誰也沒觸及過的話題。

夜華也變得對他人感興趣多了。

「嗯～不知道呢。不只龍而已，當有人對我糾纏不休的告白，我嫌麻煩就答應了，但是對方不合我的步調，結果馬上就分手了。為什麼大家都那麼想約會之類的？」

嗚喔，這在某種意義上問到了關鍵。

同時我也發現，叶未明的愛情觀相當冷淡。

「透過前往與平常不同的地方，能夠引出對方在常去的附近看不到的新反應吧。因為約會可以讓人更深入地了解對方？」

我陳述普遍的意見。

「出遠門不是很累嗎？」

看來叶是嫌出門很麻煩的懶人。

我能理解七村為何會苦戰了。

「因為約會簡單的說，就是與心上人見面的藉口。比起去哪裡，實際上重要的是如何度過兩人獨處的時光吧。特別是在交往前或剛開始交往時，是還要多認識對方的時期。以約會拉近彼此的距離，增加只屬於兩人的回憶，羈絆會變得更為牢固吧？」

「因為能獨占心上人的時間，我也覺得約會很開心，很愉快。」

夜華瞥了我的臉一眼。

「我明白與人常常見面聊天會促進感情。像這樣和R-inks的大家一起練習，我也很開心。可是～～」

叶不滿地擺出撲克臉，暫時打斷話頭。

「可是什麼？」

「我至今組過幾個樂團，有許多男生向我告白過，但我為什麼沒有真心喜歡上任何一個人呢？」

這個問題使所有人陷入沉默。

我也不禁抬起頭離開夜華的大腿。

不，誰知道啊。看來叶似乎不清楚自己墜入愛河的關鍵在哪。

「我想一定是未明還沒遇到真愛吧。」

花菱察覺微妙的氣氛，調解場面地發言道。

不愧是學生會長，這種臨機應變真棒！

「吶吶，無法忘懷失戀的花菱同學，真愛是什麼樣的？告訴我？」

沒想到是小宮脫口說出在傷口上撒鹽的話來。

「我想想，如果戀情實現，胸中會充滿彷彿在空中飛翔般的幸福感。如果戀情破滅，就會像只有我被宣告世界毀滅一般，受到孤獨感與絕望折磨。」

他形容得十分準確。

在夜華保留對告白答覆的那段期間，我的心情就像世界瀕臨毀滅一般。

那個春假，我為了消除不安做出許多異常舉動，害得妹妹真心為我擔憂。

「那麼，花菱同學一直為絕望所苦嘍，好辛苦喔～」

喂喂，小宮是怎麼了？很不像妳喔。攻擊性好強。而且笑容還很燦爛。究竟是怎麼了？是有什麼私人恩怨嗎？

「宮內同學，希望妳不要太過苛刻了。」

花菱依然維持著圓滑的笑容。

「咦～我只是為了未未而深入追問罷了。花菱同學之前不是自己談過失戀話題嗎。事到如今沒什麼好隱瞞的吧？」

小宮進一步追問！新傷口被挖得太深，在噴血了。饒過他吧。

「那個，雖然還有點早，我要做晚餐，先離開了。」

早上主動擔起備餐工作的夜華，迅速試圖脫離現場。

「好的好的，我也來幫忙！」我也趁機嘗試逃離。

「阿、阿瀨在晚餐做好之前，和我一起練習！我們現在馬上去錄音室！」

就連叶似乎也察覺了非比尋常的氣氛。

「喔、喔，叶！放馬過來！特訓我吧！」

「了解，阿瀨！我們加油吧！」

我匆匆地從客廳撤退。

「呃～在晚餐之前自由活動。想練習也可以，想在房間休息也行。」

叶姑且以團長身分發出指示後，也跟上了我。

我與叶一起搭乘電梯下樓來到錄音室。

「剛剛日向花當真發火了耶。」

「花菱和小宮之間有什麼過節嗎？」

我看不出兩人之間有什麼特殊關係，也不清楚出現那種微妙氣氛的原因。

「比如他們以前其實交往過之類的？」

「這實在沒有吧。」

「要說不可能，阿瀨和有坂同學的關係才更讓我驚訝。」

「呵。這種話我已經聽膩了。叶在音樂上雖然很行，但感覺戀愛偏差值很低呢。」

「——偏差值是將喜歡的感情以數字來表現，以此區分高低與優劣嗎？那感覺不是很討厭嗎？」

天才一定沒有自覺，但她說出了一針見血的話。

「妳說得沒錯。剛剛是我說錯話了，當作沒聽到吧。」

「喜歡這種感情，每個人的形式與重量與觸感都各不相同吧。就算同樣使用『喜歡』一詞，心情的大小與深度若不相符，就很難相通呢。」

「就是feeling嗎？」

叶未明似乎以相當細膩的角度來看待。雖然無法與她以同等程度共享那種感覺，但我能理解她所說的話。

「嗯。從這種意義來說，我相當喜歡阿瀨喔。」

叶大而化之地脫口說出很容易導致誤會的話。

「啊？我可是夜華的情人喔。」

聽到女生當面說她「喜歡我」，我不禁動搖。

「我知道。不過，將實際感受化為言語後就是這樣嘛～」

叶本人一副事不關己的樣子。我白驚訝了。

「唉。那麼，妳就抱著關愛溫柔地指導我啊。」

「要是你變得更熟練，就可以享有特別待遇嗎？」

「如果有時間的話，那也是個作法。」

可惜的是，我們沒有時間慢慢練習。

「正式表演近在眼前！認命地聽從我的教導吧，阿瀨。必須好好享受快樂的音樂時光！」

我再度拿起電吉他。

當夜華過來告訴我們晚餐已準備好的時候，我跟叶的激烈一對一課程結束了。

結果，小宮和花菱都沒有下樓來到錄音室。

外面的天色已經全黑了，但餐桌上十分熱鬧。

菜色有栗子飯、鋁箔紙烤秋鮭蘑菇、甜辣番薯炒雞肉、烤起司培根等等。

我們享用著夜華發揮廚藝製作的菜餚。

大量運用秋季食材的餐點，每一樣都好吃得令人讚嘆。

「有坂同學，很好吃喔！」叶露出燦爛的笑容。

「夜華，妳偷偷用了高級食材嗎？」

「這些不是早上在超市買的食材嗎？希墨也看到我們一起挑選的場面了吧。」

情人親手做的料理，更進一步地觸動了一整天泡在電吉他上的身體。

對我來說好吃得令人想哭。

「那麼，就是做菜的有坂同學手藝很好了。以後會是個好太太喔。」

花菱也毫不保留地讚美道。

「嗚哇~好古典的稱讚方式。花菱真過時。」

「……宮內同學對我非常嚴苛呢。」

花菱仍然帶著微笑，但為難地垂下眉毛。

「是你多心了吧。」

這兩人之間還是火花四射。

吃完晚餐，收拾完畢後，所有人下樓來到錄音室。終於要直播了。

我事先將直播網址傳到了瀨名會的LINE群組內。

紗夕：我一定會看！請加油！

七村：別緊張得搞砸了喔。

紗夕和七村立刻回應，但只有朝姬同學沒有反應。

在正式表演前，我們進行最後的排練。比起大家的表情，透過音色傳來的緊張感，更加強烈。

隨著預定時間接近，我也開始心跳加速。

雖然隔著螢幕，這是我們從以R-inks名義參加輕音樂社的甄選以來，第二次在有觀眾的狀況下演奏。

大家分別神情認真地進行最後檢查。

「叶。關於站位，我可以站在夜華前方嗎？」

「意思是你要和有坂同學面對面彈奏？為什麼？」

「做個實驗。反正不會拍到我們，沒問題吧。」

「嗯。我也必須站在鏡頭前，沒辦法看著你的狀況。所以隨你高興吧。」

獲得團長的同意後，我站到夜華眼前。

「咦，希墨。這樣不會靠太近嗎？」

「這樣才好。」

我在幾乎撞到電子琴的近距離舉起電吉他。

「希墨站在那裡，我會看不到其他人。」

「不用看。夜華的耳朵很好，能夠配合旋律吧。」

「雖然我是做得到……」

「別去想其他事情。只看著我，只想著我，只為了我演奏吧。」

「為什麼？」

「妳不願意注視著我嗎？平常我們還靠得更近喔。」

「那是沒錯，但這是兩回事……」

夜華狐疑地看著我。

「好啦，相信情人的話吧。」

「嗯。」夜華坦率地點點頭。

「好，大家準備好了嗎？是時候開始了。從第一首曲子開始後，就要一口氣演奏到最後，做好心理準備喔！」

時間是晚上九點。

那一夜R-inks的首次現場表演直播，結果十分成功，也十分失敗。

幕間二

在點心休息時間後，三人離開客廳，我也為了讓喉嚨休息準備回房間。

「宮內同學，是時候開誠布公地談談了吧？」

「談什麼？」

「我明白妳想遷怒於我的心情，但現在身為同一個樂團的成員，我希望我們能處得好一點。」

「你是不是誤會了什麼？我對你沒有任何看法喔。」

「那麼，希望妳至少聽聽我的懺悔。」

「…………」

上一次像這樣與花菱同學單獨交談，是一年級第三學期的結業典禮當天的事了。

「我很後悔。後悔在第三學期的結業典禮後，在走廊上向泫然欲泣的妳攀談。」

「事到如今，還真令人懷念。」

我不禁用不高興的聲調回答。

「如果沒有我鼓勵，妳不會向小瀨名告白對吧？」

在結業典禮後，我從樓上偷偷看見了在著名告白勝地，校舍後方的櫻花樹下，墨墨向夜夜告白的場面。

在夜夜突然離去後，我心中的各種情緒滿溢而出，陷入震驚中癱坐在走廊上。而花菱同學碰巧從我面前路過。

『看妳好像在哭，沒事吧？如果遇到了困難，說給我聽吧。』

他一派理所當然地將手帕遞給我。

我向他說明，剛剛我的心上人在櫻花樹下向女生告白，但是女生像逃也似的跑掉了。

『嗯～那應該還有機會吧。我建議妳鼓起勇氣，向心上人告白。』

我完全受到那個建議鼓勵，在春假中向墨墨告白了。

「就算我沒有告白，墨墨和夜夜交往的事實也不會變。現在向我道歉也無濟於事，我不會反過來記恨你的，放心吧。」

我發自內心明確的告訴他。

在我告白時，儘管墨墨看來十分痛苦，還是誠實地回應了我。

就像在利用他的溫柔，我最後忍不住拜託他，希望我們以後也不變地繼續當朋友。現在回想起來，我就無地自容。

剛剛失戀的人，難以做出正常的判斷。

瀨名希墨這個男生不必我特地說那種話，也不可能改變態度的。

「不如說，花菱同學是從誰口中聽說我被拒絕的事的？我沒有向你報告吧？」
「妳每當在走廊上擦肩而過便擺出不看我的態度，我自然察覺到了。」
「那你是怎麼發現對方是墨墨的？」
「我是在組成R-inks，一起練習的過程中隱約感受到的。」
「你觀察女生觀察得很仔細呢。難怪會受歡迎。」
「不過，我也被真愛拒絕了。」
「……拜被朝姬拒絕所賜，你也很清楚我的心情了吧。」
「託妳的福。」花菱同學聳聳肩。
「宮內同學，妳認為校舍後的櫻花樹下，是從什麼時候開始成為告白勝地的？」
花菱同學再度翻舊帳似的發問。
「我不知道。不是從以前就是嗎？」
「其實是從短短幾年前開始的。我哥哥向有坂同學的姊姊告白——遭到拒絕的地點，就是那棵櫻花樹下。」
「咦。那就是說……」
如果花菱同學所說的是事實，那前後矛盾。
「沒錯，原本那個地點根本沒有讓戀愛實現的保佑可言。然而，傳聞卻以和事實不同的內容加油添醋，不知不覺間成為告白勝地。」

「因為夜夜的姊姊是傳奇學生會長，或許有人像我一樣偷看，散播了傳聞。」

我奇妙地被說服了。

實際上，夜夜的姊姊與她不相上下地迷人又有趣。因為很受歡迎，有許多人向她告白。應該有很多人想藉她的威望討吉利，使自己的戀愛如願以償。

高中生總是離不開戀愛。

「聽到告白對象逃跑時，我真心認為妳有勝算。」

花菱同學硬要說的話屬於傻傻的類型。他應該是抱著激勵之意，出於善意鼓勵我的吧。

「——即使如此還能交往的他們，從一開始就注定會成為兩情相悅的情侶。」

我自然的浮現笑容。

「嗯。看到他們兩人，我也這麼認為。我希望小瀨名他們永遠幸福下去。」

「我們第一次意見一致呢。」

我總覺得終於能直視花菱同學的臉了。

「唉，無論如何，這段感情都很難如願的。我是個小不點，人又古怪，沒有男生喜歡的女人味。」

「宮內同學是有魅力的女孩喔。雖然有點拘謹，但溫柔又有具自我特色的骨氣，從豐富的感受力展露的表現非常迷人。」

「擅於恭維會太受歡迎，真辛苦呢。」

「我對自己的輕浮有自覺。我不擅長當真起來，變得情緒化。身為天才的未明明確地察覺了這一點，還有宮內同學害怕表露心聲也是。對吧？」

花菱同學撥撥頭髮。

「這是個好機會。我們來比賽誰先克服未明指出的問題如何？」

「具體上要怎麼做？」

「晚上的現場表演實況。我會為了傾吐失戀的悲傷而打鼓。至於宮內同學，就把對我的不滿宣洩在歌唱上就行了。」

「彼此都是負面情緒呢。」

「比起安撫情緒隨便應付過去，盡情傾吐出來不是更有趣嗎？」

未未也叫我要更加無所顧慮地唱歌。

反正是僅限一次的直播。這麼做的確更有趣多了。

第七話　天堂與地獄

「晚安～」

晚上九點。現場演奏直播從叶徐緩的問候展開了。

她熟練地馬上回應起影片的留言，輕鬆地聊天。

這次的曲目，是直接表演我們將在文化祭正式演出時演奏的三首由叶未明作詞作曲的原創歌曲。不如說我根本彈不了其他曲子。

我們其他四人待在鏡頭之外基本不發言，等待叶的信號。

「那麼，第一首歌！」

於是，演奏開始了。

夜華從一開始就一臉擔心地看著我。每當我反覆犯小失誤，她的表情就顯而易見的改變，「不要緊嗎？」不久後開始用眼神與我交談。

我則拚命不看手邊彈奏，嘗試做到現在所能達到的最佳表現。我將和弦進行牢記在腦中。接下來便是看在正式表演的緊張感中，能不能按照練習般演奏出來了。

結果，我和夜華幾乎像在互相意氣用事一般，只注視著彼此的臉龐。

正如我所料，夜華透過只專注在我身上，不去意識從螢幕另一頭感受到的視線，得以發揮原本的實力。

我也沒有走調地彈到了最後。

雖然耳朵聽著另外三人的演奏，我到事後才知道他們實際上是以什麼風格表演的。

根據團長的指示，不同的鏡頭將我們五人的演奏同時錄了下來。

『展現給觀眾看的方式也是表演的一部分！帥氣地演奏吧！』

我想起自己對偶像同好會成員們說過的話，以及她們在屋頂上練習的身影。吸引觀眾的方式很重要。我看著錄下的影片，切實感受到了心情會反映在舉止上。

比方說，花菱不知為何沒有像至今一樣被正確性所束縛，他劇烈地甩頭，氣勢洶洶地打鼓，音量大到蓋過歌聲。那態度簡直像在挑釁。喂喂，你這樣不戴頸椎固定器沒關係嗎？

花菱激烈的打鼓似乎讓小宮有些惱火。

彷彿要對抗一般，小宮的歌唱方式也比平常更投注情緒。

鼓聲太吵了，聽我唱歌！她側眼瞪著花菱，就像在這麼說。

從第二首歌開始，她一口氣拉高嗓門，比起唱歌更像在吶喊。她本來便有副好嗓子，唱歌技巧也很好。在我的耳朵聽來，她的歌聲變得更有味道，或者說更有深度了。

「來了來了，我就等著這個！」

受到我們與白天明顯不同的表現影響，叶的情緒驟然高昂起來。她興奮地從半途開始加上愈來愈多即興變化。

最後，還忘了正在直播影片，順著自己的心意在演奏上肆意狂飆。

她毫不在乎地跳到拍攝範圍外，把頭髮甩得亂糟糟，自由得過火。

她面帶笑容興高采烈，完美地進入亢奮狀態。

最後甚至把我們也拋在後頭往前衝。

完全成了自己玩得最開心的那個人。

「要來文化祭玩喔～～」第三首歌結束後，叶回過神來，哈哈笑著刻意補上宣傳，結束實況表演直播。

美女辣妹高中生貝斯手那麼自由恣意，直播影片自然傳開了。

「只要結果是好的就行了吧！」

我們的團長果然是大人物。

大家應該都感受到了直播結束的解脫感和達成任務的成就感。最後我們觀看了演奏的錄影，結束了今天的活動。

在家人用的浴室之外，這裡另外設有供訪客使用的淋浴間，我沐浴著熱水，洗去一天的疲憊。

早上集合時，我們曾聊到晚上要不要熬夜聊天，但沒有人還有力氣這麼做。今天練習辛苦了。

◇◇◇

與我同房的花菱早早入睡了。

我也相隔許久能在正常的時間躺下來，偏偏今晚睡意卻沒有來襲。

平常在家裡練習到很晚時明明都會睡著，大概是腎上腺素分泌過多了。光靠淋浴無法讓興奮平息。

練習終於有了成果。

隨著每次獲得經驗，我感受到確切的實感，漸漸產生自信。

這令我很高興，心情靜不下來。

我在床上靜靜地躺了一會兒，但還是無法入睡，決定去客廳喝水。

於是我看到廚房那邊亮著燈，發現夜華在那裡。

「夜華？」

「咦，希墨。怎麼了？」

「我總覺得很興奮睡不著。妳呢？」

「我也一樣。我想喝杯熱牛奶，或許能讓心情平靜下來。」

「可以也幫我做一杯嗎？」

「當然可以。」

因為月色很美，我們刻意不打開客廳的電燈，並肩坐在地毯上。

我端起裝著熱牛奶的馬克杯啜飲一口。

從窗外射入的月光，朦朧地映照出夜華美麗的容顏。

「現場表演直播，做得很成功不是嗎？」

「嗯。我也嚇了一跳。明明應該沒有餘力，我卻能不太緊張地彈奏。」

看來夜華也感受到了確切的實感。

「如果正式表演時也能照這種狀態進行，我就放心了。」

「在舞台上，你也會跟我面對面彈電吉他嗎？」

「不，這樣實在……」

夜華的表情相當認真。

我很想這麼做，但是觀眾看到這種情景會覺得莫名其妙吧。

「這是女王的任性要求喔。」

夜華清楚記得我以前的提議。

「還真是很可愛的命令啊。」

「女王的命令是絕對的，對吧？」

「即使沒辦法彼此凝望，妳只看著我的背影就行了。」

「那是當然。」

今天能不在意視線，放鬆地自在彈奏的成功經驗，會成為夜華的又一個自信來源吧。

夜華浮現於黑暗中的側臉，看來彷彿散發白光。

在月光下泛著光澤的嘴唇，綻放如花朵般的微笑。

「只要在正式表演時也只想著我，就會成功的。」

儘管我覺得說出來很肉麻，但因為是事實，這也無可奈何。

將成功的事情化為言語做整理，可以提升重現性。

「說得對。我只要看著希墨就行了。」

夜華感慨地說。

「嗯。只看著我吧。」

「我會的。」

夜華這麼回答，將頭靠在我的肩上。

一邊品嘗熱牛奶淡淡的甜味，一邊安靜地共享時間。我感覺到緊繃感紓解開來，逐漸變得放鬆。

在寒冷的空氣中喝熱飲，讓人產生幸福的心情。

碰觸到的夜華體溫也變得更暖和了。

「很久沒像這樣兩人一起休息了呢。」夜華握住我的手。

我也將馬克杯悄悄地放在旁邊。

「文化祭時，我們把休息時間排在一起，一塊去逛吧。」

「嗯。我很期待。但是……——我等不下去了。」

夜華用另一隻手輕輕描摹我的胸膛。

柔軟的指尖宛如在鍵盤上滑動般爬過。

「夜、夜華……？」

逗弄般的動作讓我無法動彈。

「最近我們一直沒有親熱吧。所以，我已經忍不住了。」

夜華倏地收回手，我被推倒在地板上。

她直接理所當然地跨騎在我身上。

「咦？」

我非常驚愕，沒辦法立刻掌握狀況。

我的軀體感受到夜華的大腿及屁股的觸感。

夜華背對天花板看著我。

「和平常相反呢。在美術準備室被你推倒時，我真的心跳得好快。」

夜華的聲音帶著熱情但又冷靜。

這跟早上妹妹為了叫我起床，天真無邪地跳到我肚子上次元不同。

情人真真正正地騎在我身上的現實。

令我不由分說地心跳加速。

「這樣不會太大膽嗎？」

因為太過突然，我還未能理解這個缺乏現實感的狀況。

「付出努力的人，應該要得到獎勵吧。」

我在班際球賽扭傷時，在保健室裡的情景在腦海中復甦。

我們在那裡第一次緊緊地相擁。

夜華像當時一樣，將上半身靠過來想抱住我的頭。

夜華的指尖梳過我的頭髮之間，像抱著珍貴之物般包住我的頭。擠壓過來的胸部的溫暖、柔軟與甜美氣息，讓我的大腦發麻。

所有感官都變得敏銳。

我聽見了夜華近在咫尺的劇烈心跳聲。

面對一反常態地積極的夜華，我竭力擠出最後的理智。

「我也想親熱，但這裡是別人家。」

「因為是不該親熱的地方，才會興奮啊。」

夜華的手包住我的臉。

「我也心跳得好快。」

「女生也會積壓慾望喔？」

彷彿受到勝過害羞的衝動所驅使，夜華的表情很性感。

「夜華……」

「女王的命令是絕對的。」

她呢喃般地命令。

在她眼眸深處燃燒的事物，讓我掙脫束縛。

——啊啊，我撐不住了。

當我回過神時，已經吻住夜華的唇。

我們熱吻得無法控制。

和平常輕啄般的可愛輕吻，與那種稍微互相接觸的隨意不同。

我們貪婪地唇瓣交疊，像要感受彼此的深處般激烈地互相渴求。

彷彿要直接深入探索一般，熾熱的舌頭糾纏在一起。

我以全身體感受著夜華的、女孩的觸感。

我的手臂也環上夜華的頭和背部，反過來緊壓住她。

夜華沒有拒絕。她反倒高興地將身體擠壓過來。

好熱，難以呼吸，可是停不下來。

我感覺到嘴角被兩人份的唾液沾濕。

到底經過了多久呢？

僅僅只是接吻，我們兩人就渾身冒汗。

神情恍惚的夜華嘴角還妖豔地張開著。

就像在說還不夠滿足般，一條透明的線在我們分開後依然連結著我們。

甚至忘了言語。

只要看著眼睛，就知道對方的想法。

不需要同意或任何東西。

我們沒有徵兆地準備再度唇瓣交疊。

這時候，門喀嚓一聲打開了。

「有坂同學？沒事吧？」

叶用愛睏的聲音呼喚，出現在客廳。

她應該是擔心一直沒回房的夜華，過來看看情況吧。

我們翻滾著躲進矮桌的陰影處。

默契十足的臨場發揮合作。

就像在以心電感應互相溝通般，行動毫不猶豫。

我們就這樣屏住呼吸，壓抑氣息，將存在化為無物。保持壓低的姿勢與地板同化，盡可能不進入叶的視野之內。

「奇怪～我總覺得有人在這裡～」

叶好像正東張西望地環顧房間。

在黑暗中與情人兩人獨處。如果被發現的話，這種情境下很難找藉口解釋。

不僅如此，我現在還抱著被發現以外的危險。

「希墨，你還好嗎？」

夜華在我耳邊帶著吐息低語。

我們因為翻滾的動作上下交替，現在是我覆蓋在夜華身上。

我目前正處在核心運動的平板支撐狀態。

以雙肘撐著地板，軀幹使力，保持背部伸直的姿勢。

「不要勉強。那個，你可以趴在我身上。」

夜華害羞地這麼呢喃。

「不這樣撐著！看不到那邊的狀況。」

我在夜華的正上方，維持著身體幾乎緊貼的一絲距離。

這對於彈了一整天電吉他的身體相當難熬。我的手臂、背部與腹肌通通都在發出哀鳴。

我感覺到額頭上浮現一層薄汗。

「你看起來很難受耶。如果一個不好發出聲響，就會露餡的。」

夜華一直體貼著我。我也想依賴她的溫柔，落得輕鬆。

可是如果我疊在夜華身上——我身上局部的緊繃也會露餡。
我的身體現在麻煩最大的不是手臂或背部等處，而是其他部位。
由於直到剛才那些空前大膽的肌膚接觸，我身體有一部分血流量大幅增加，進入完全的狂歡狀態。
對於身上某部分正不斷增強的自我主張，單靠我的意志實在無法控制。
即使覆在她身上，我仍拚命堅持著沒碰觸到的一絲距離。
要是我的失控被夜華知道，實在很丟臉。
我拚命在腦海中試著思考其他事情，但在我正下方的夜華誘人地躺在那裡，面對這樣的現實，那是白費力氣的嘗試。
而且叶的腳步聲正漸漸接近。什麼時候被發現也不足為奇。
正可說是天堂與地獄。
「客廳的燈也沒開，是我的錯覺嗎？」
我設法從正下方的誘惑別開目光，轉動脖子。於是，放在地板上沒收拾的兩個馬克杯躍入眼簾。
嘶！我不禁差點停止呼吸。
糟糕！拜託了，別發現啊。
「吶，希墨。怎麼了？」

「安靜。」

我竭盡全力才壓低音量，這麼告訴她。

不妙。我的手臂與背部都達到了極限。手臂開始發抖。不管什麼時候疊在夜華身上也不稀奇。

叶的氣息已經來到非常接近之處。

「——啊？」

叶發出睡意一掃而空的大喊。

完了。認命地坦承吧。在我下定決心的瞬間——

「什麼啊，原來是Roomba掃地的聲音嗎？」

在客廳的角落，圓形的高性能掃地機器人正在惹人憐愛地工作著。

叶乾脆地掉頭，從客廳間走向走廊。

門啪噠一聲關上。確認她的氣息遠去後，我們吐出了不知不覺間屏住的呼吸。

「得、得救了～」

因為放下了心，我失去緊張感，手臂不小心放鬆力道。

我倒在柔軟的夜華身上。

於是，我變硬的部分碰觸到夜華的大腿附近。

「吶，希墨。有東西頂到我——」

在短暫地不明所以而感到困惑後，夜華立刻發現我的異狀。

集訓第二天。

「你們發生了什麼事？」

在早餐餐桌上，小宮緩緩地問。

我和夜華今天早上看也不看彼此，令她起疑。

「什麼也沒發生啊！」「嗯，沒什麼事！」

「……真可疑。」

小宮來回注視著我和夜華。

「對了，我半夜醒來時發現有坂同學不在房間。我心想妳會不會是迷路了，有出來找人喔？」

叶進一步發問。

「我有點睡不著，在廚房準備早餐的材料。然後去了一趟洗手間，回房時叶同學已經睡了，我想是剛好沒遇到吧？」

「啊～有可能是這樣。客廳裡也沒開燈嘛。我去客廳看了看有沒有人，但只有Roomba在打掃而已。」

「抱歉害妳擔心了。」

「沒關係。只要沒事就好。」叶沒有繼續追問。

當然，並不是沒事。

在那之後，發覺我異狀的夜華慌忙衝出客廳。

被獨自留下的我懷抱著無從消除的煩悶，收拾了馬克杯回到房間。當然，我不可能立刻睡得著。

就這樣，R-inks今天也繼續努力練習。

為了忘掉昨晚的事情，我和夜華都投入於演奏當中。

彷彿受到了帶動，另外三人的狀況愈來愈好。

在午休時間，我們討論起正式表演時的服裝。

儘管提出了各種點子，但遲遲沒有出現大家都能滿意的方案。

「反正是文化祭的臨時樂團，乾脆穿著制服上場不是很好嗎？」

我的一句話，讓我們決定在正式表演時直接穿著制服站上舞台。

本來以為熱愛音樂的叶會反對，沒想到她對服裝似乎不怎麼執著。

「R-inks的每個人對衣服品味和性格都各不相同，卻組成一個樂團，這本身已經很有趣了。反過來直接穿制服進行文化祭的最終演出，更加搖滾嘛。」

既然團長批准了，我也沒什麼要說的。

我們在中間穿插著休息，一直練習到傍晚。

然後作為集訓的最後階段，一口氣連續演奏三首歌曲。

這次我也幾乎無失誤地彈到最後。

「喔喔～～我做到了！」

我不禁擺出勝利手勢。

「墨墨，做得好～」

「小瀨名進步得判若兩人呢。」

「雖然還有許多不足之處，但通過了最低限度的門檻。阿瀨，你很努力。」

叶的評價依然辛辣，但她露出了滿意的笑容。

「魔鬼教官誇獎我嘍。」

「誰是魔鬼教官啊？我只是追求高水準的結果而已！」

「我知道。因為有妳的指導，我才得以成長。謝了。」

「唉，集訓是正確的決定。我們作為一個樂團也凝聚在一起了，太好了。」

當大家都切實感受到集訓的成效時，夜華保持沉默。

「夜華怎麼看呢？」

「我快重新愛上希墨了。」

「那真是再好也不過了。」

「這是真心話。」

「我知道。」

看到夜華的笑容，我感到很開心。

一方面也因為確實感受到自己的成長，我心中一反常態地喜不自禁。

「那麼，今天的練習到此為止！集訓辛苦了！」

「「「「辛苦了！！」」」」

我們四人齊聲回應叶的最後一句話。

在收拾錄音室，為回家做準備時，手機響起電話鈴聲。

螢幕上顯示的名稱是支倉朝姬。

我上樓來到一樓，接聽電話。

「喂，朝姬同學？怎麼了？」

『…………希墨同學？』

朝姬同學的聲音無精打采。

「怎麼了？發生了什麼事？」

『抱歉，在集訓中打來。』

「不，集訓正好結束，要回家了。」

『這樣嗎。啊，我也看了昨晚的直播。』

「謝謝。雖然叶在最後真是不得了啊。」

『表演非常棒。我很期待文化祭。』

朝姬同學只跟我流於表面的交談，沒有說出特地打電話過來的原因。

這樣繼續無關痛癢的對話好嗎？

「吶，朝姬同學。妳需要幫助嗎？」

我豁出去主動開口。

一陣漫長的沉默。

啜泣聲漸漸傳來，我一下子擔心起來。

『我不知道該如何是好了。』

「是關於妳媽媽再婚的事嗎？」

『嗯。我明明、想坦率地、祝福，卻沒辦法、好好說出口……』

我不錯過一字一句地仔細聆聽，注意到朝姬同學的電話傳來汽車經過的聲音。

「朝姬同學，妳在外面嗎？」

『我們和再婚對象三人一起聚餐。可是，我不知道該擺出什麼表情才好，就說要去洗手間，跑出來了。』

「妳能好好地回去嗎？」

『不知道。雖然天氣很冷，我明白不能一直待在外面。』

女孩子在外面哭泣不是小事，如果被歹徒盯上就危險了。

「如果累了，回家會比較好喔。」

『我的包包留在店裡了。』

那憔悴的聲音，讓我一直浮現不好的想像。

「……！朝姬同學。妳現在在哪裡？」

我已經無法置之不理。

『你要過來？希墨同學真溫──』

即使在這種時候，朝姬同學也試圖像平常一樣表現得像優等生。她以這種方式反射性地保持一定的距離，不讓人深入接近。

「我會過去。妳特地打電話給我，就是這麼回事吧。」

既然如此，我也像平常一樣表現吧。

當朋友遇到困難，伸出援手是當然的。如果現在無視她，我就不是瀨名希墨。就算白跑一趟，也遠比發生麻煩好得多。

電話另一頭傳來倒抽一口氣的氣息。

『…………希墨同學，救救我。』

「包在我身上，搭檔。」

我問了朝姬同學她目前所在的地點，離這裡只有幾站遠。

我掛斷電話，在準備回去拿行李時僵住了。

夜華抱著我的背包站在那裡。

「你要去見支倉同學？」

「朝姬同學遇到了危機。」

「──即使我叫你別去，也要去嗎？」

「我無法放著遇到困難的朋友不管。」

「你以為有情人會高高興興地送男朋友公然去見自己以外的女生嗎？」

「不管是誰，有人遇到困難，我就會去幫忙。」

「我知道希墨你是像這樣很會照顧人的人。不過，你的溫柔對現在的支倉同學來說很殘酷。這一定又會害她誤會。她會更加喜歡你的。」

「無論發生任何事，我喜歡的人都只有夜華！」

「這個我也知道。」

啊啊，我又做出害夜華哭泣的舉動了。

暑假與瀨名會的大家去旅行，當我們兩人在早晨單獨前往沙灘時，夜華哭著說過『我想變得強大』。

為了這個目標，她接受叶的邀請加入R-inks，主動報名擔任文化祭的班級代表。

然而，如果我並未讓夜華感到不安，她不是根本沒必要變得強大嗎？

這樣的疑問掠過腦海。

待在只屬於兩人的封閉世界中，在那裡得到滿足也很好。

「所以，我相信你，去吧。」

「咦？」

「我不會再說第二次。」

我知道，撇過頭的夜華正在忍耐。

「謝謝。」

「囉嗦。情況又變得複雜我也不管喔。」

夜華將她為我拿來的背包塞給我。

「真的很抱歉。」

「我總覺得把人耍得團團轉的人，其實不是我，而是希墨。」

「喜歡真棘手呢。」

「真的是這樣，為什麼幸福與辛苦會相伴而來呢？」

「因為字面上很像，容易弄錯？」

「如果你對我再弄錯的話，我可饒不了你。」
我把電吉他交給花菱保管，早一步離開叶家。

我搭乘電車，抵達朝姬同學所在的車站。
我用手機的地圖ＡＰＰ搜尋前往朝姬同學他們用餐餐廳的路線。距離車站有段距離。我一邊看地圖，一邊在昏暗的路上快步前進。
於是，我發現朝姬同學正從另一頭朝這邊走來。
在她身旁有一個男人。
在我準備邁步奔跑呼喚她時，男人突然抱住了朝姬同學。
那個男人遠遠望去身材也相當高大。不僅個子高，體型也很壯碩，散發出有在練格鬥技般的氣息。如果被那種體格的人襲擊，女孩子不可能反抗得了。
「別碰朝姬同學！」
「希墨同學？」
「咦咦？不是的，我是！」
對於我的闖入，男人慌張地喊道，但完全沒有離開朝姬同學的跡象。
我靠近一看，發現男性的樣子很危險。他頭髮很長，嘴邊留著沒打理的鬍鬚。眼下掛著濃濃的黑眼圈，張大的眼珠泛著血絲。粗糙的皮膚血色很差，穿著的襯衫也皺巴巴的。

「一個中年大叔抱著女高中生，有什麼藉口可說！」

男人和我的體格差距太大。很難靠蠻力把朝姬同學拉出來吧。

我立刻下定決心。

我對準慌張的男人，藉奔跑的勁道撞向他。

「呃～所以朝姬同學是頭暈差點昏倒，他只是攙扶住妳而已。」

「嗯……」

朝姬同學一臉尷尬地點點頭。

我撞上的那名男子，居然正是朝姬同學母親的再婚對象。

「雖說是我貿然斷定了，真的非常抱歉！」

我就像要在馬路上下跪般深深地彎下腰道歉。

即使天色昏暗，因為假設而誤會別人太差勁了。我應該更冷靜的判斷狀況。白費力氣也該有個限度。我真想馬上從原地消失。

「我才應該向你道歉。對不起，因為女兒的關係給你添了麻煩。」

朝姬同學的母親神情惶恐地向我道歉。她在我撞向對方之後走出餐廳，對於這樣的狀況大吃一驚。

「幸好瀨名同學沒有受傷。你要在文化祭上彈電吉他對吧？如果手受傷就糟糕了。」

「咦？您知道我嗎？」

「我從朝姬那邊聽過瀨名同學的事喔。」

「媽媽！別在我朋友面前談這種事！」

朝姬同學慌忙試圖打斷話題。

「還不是因為妳打了令人誤會的電話！給我稍微反省一下！」

好厲害，朝姬同學因為母親的斥責默不作聲了。

朝姬同學在學校裡那種發出準確指示的感覺，是傳承自母親吧。

「咦，他不是朝姬的男朋友嗎？他們兩人明明很相配啊。」

不清楚緣由的再婚對象，自認體察情況的發言，反倒適得其反。

支倉母女皺起眉頭，我迅速別開臉龐。

「對不起。這個人是優秀的醫生，但對於這方面並不熟悉。」

朝姬同學的母親一邊幫腔，一邊用手肘戳了戳再婚對象。

「唉，原因都出在我沒站穩上。為了朝姬挺身而出撲向我的瀨名同學很有勇氣喔。因為我長得體型笨重，病人常常會怕我呢。」

預定將成為朝姬同學繼父的醫生咧開大嘴笑了。

他龐大的體格的確很有壓迫感，但試著交談後就能發現，他是友善的好人。

從他對我的關心與態度，可以窺見他的為人良善。

「放心。這位醫生外表像頭熊一樣，但人很好。他從到年輕時開始就熱衷於工作，總是把自己逼得太緊。今天的聚餐，他也是在上夜班連續處理急診病患後，下班連覺都沒睡就來了。別逞強將時間延後的話，明明就不會發生這種情況了。真是的。」

「我一直很期待今天喔。只是，病人的生命是無可取代的。」

「總之，我很清楚兩位的感情很好。」

聽到我直率的感想，大人們異樣害羞。

從客觀角度來看，朝姬同學的母親與這位醫生是相配的一對。

看朝姬同學的態度，也不像是討厭再婚對象的樣子。

「唉～親生母親談戀愛的場面真叫人看不下去。希墨同學，我送你去車站。」

就像碰上這個場面很累人般，朝姬同學嘆了口氣。

「那麼，我在此告辭了。打擾了。」

在那種和樂融融的氣氛中，朝姬同學也無法說出真心話吧。

秋天的晚風，讓人感受到悄悄接近的冬天氣息。

在走向車站途中，我們順道去了便利商店。

「請拿去喝吧。真的很抱歉。你明明是特地過來的。」

朝姬同學將熱呼呼的罐裝玉米濃湯遞給我。

「多謝招待。」

我們並肩站在便利商店的停車場。我啜飲今年第一罐熱騰騰的玉米濃湯。果然，在變冷的季節喝熱湯特別美味。

「我好像打擾了難得的聚餐，不好意思。」

「一開始的起因都是因為我打電話給你。而且，好像害你不必要的擔心了。」

一變成兩人獨處，朝姫同學的聲音依然顯得消沉。

「聽到妳用那麼沒精打采的聲音打電話過來，我自然會擔心啊。」

「我為什麼會打電話呢？」

「不過，打來的時機正好。如果還在演奏的話，我也沒辦法接聽。」

「我被詛咒了嗎？所作所為通通適得其反。」

朝姫同學好像對於衝動的打電話給我感到非常後悔。

「……妳媽媽再婚對象的那位醫生，感覺人不錯嘛。」

「嗯。他人很好，無可挑剔。所以我很為難。」

在電話中說不出口的事情，現在或許能傾吐出來吧。

「很為難？」

「我總覺得媽媽被他搶走了。」

「我想朝姫同學不會變得孤單一人喔。」

「沒想到我這麼戀母，我自己也很驚訝，明明都是高中生了。」

她們一直是母女兩人互相扶持努力過來的。

締結的羈絆或許比普通的母女更牢固得多。

「總有一天朝姬同學也會離開母親身邊。不會永遠都只有兩人在一起。無論是在正面意義或負面意義來說，都是如此。」

「抱歉喔，我這麼孩子氣。」

朝姬同學鬧起彆扭。

「因為是家人，別當個懂事的乖孩子，以小孩的身分向媽媽說出真心話如何？」

「可是，那是我的任性。」

「那麼，想要再婚也是妳媽媽的任性嗎？」

我刻意用了壞心眼的問法。

「那個……不是的。」

「朝姬同學的媽媽也不覺得女兒的迷惘與不安是任性喔。我想她希望聽到妳的真心話，在妳接受的前提下祝福他們吧？」

「嗯。他們在等我，說如果我不同意，他們不會登記。」

有時候正因為珍惜才會有所顧慮。

如果出於情緒上的原因而討厭，保持距離就行了。

可是，與他人斷絕關係很簡單，要斷絕與家人的聯繫卻很困難。特別是對孩子來說，無論是在生活方面或精神方面，在所有意義上都難以與父母分離。儘管如此，家庭的形態總有一天會逐漸改變。

「他們尊重朝姬同學的意見，代表他們有這麼重視妳。」

也許因為是週日的晚上，路上幾乎沒有車輛經過，行人也很少。周遭一帶真的很安靜，從店內溢出的人工光線照亮黑暗。

我保持沉默，等待朝姬同學開口。

兩名高中生晚上站在便利商店門口，一本正經地談論人生。還太年輕的我們缺乏經驗，還有許多第一次碰到的遭遇。我們一定也不知道，在這裡得出的答案是否正確。

未來還有許多快樂的相遇和悲傷的離別在等待著我們。對每一次經歷都用自己的方式去感受、歡笑、苦惱、迷惘、焦慮、哭泣、受傷、停止、思考、學習、察覺、決定、行動，讓做過的事情化為積累。

就那樣，我們將在不知不覺中前往未來吧。

「當我媽媽告訴我再婚的事情時，她對我說『大學不用勉強選推薦入學能上的學校，可以選妳自己想讀的學校。』」

朝姬同學開口。

「妳說過，妳是為了以推薦管道入學而當班長的。」

「其實這是值得高興的事，我卻感到很混亂。就算突然放寬限制，告訴我可以自由選擇，我也不知道自己真正想做什麼。」

「在高中時就知道自己想做什麼事的人，只有一小部分。」

「嗯。我至今都當個優等生，避免造成家計負擔，要做的事情很單純。取得好成績，進入好大學，找到好工作。我想讓媽媽過得輕鬆些。」

「真是孝順的女兒。我很尊敬妳。」

「在媽媽眼中，似乎覺得我很受拘束。她覺得因為父親早逝，害得女兒必須忍耐。」

「那實際上的情況呢？」

「雖然小時候也有寂寞的時候，和媽媽兩人在一起我一直都很開心。」

「正因為感情好，妳們才彼此太過體諒對方了吧？」

她們母女二人一直互相扶持走了過來。

情況突然變化，朝姬同學的精神還不適應新的平衡吧。

「結果，現在有了可以託付媽媽的對象，我痛切感受到自己的渺小。」

朝姬同學吐露自己的苦惱。

「不愧是優等生，好認真。」

「只有希墨同學沒資格說我。」

「我只是有自覺不努力會跟不上大家，所以才努力的。如果不用做也行的話，我基本上是想偷懶的懶鬼。」

「騙人。我不會喜歡上那種人。因為你在我最難受的時候像這樣趕來了。」

「心情輕鬆一點了嗎？」

「嗯。回去以後，我會祝賀他們結婚。讓他們因為我的關係而等候，也很難看。」

我所能做的，只有鼓勵煩惱的朝姬同學而已。

不負責任地鼓勵，但並非沒有意義。朝姬同學的表情這麼告訴我。

「能夠這樣說的朝姬同學帥氣極了。」

「我才高中二年級嘛。總之一邊維持現狀，一邊尋找想做的事！就這麼決定。」

不可思議的是，有時在一度下決定並說出口後，心情會突然變得輕鬆。

就像在證明這一點，朝姬同學恢復平常的狀態。

「——對了，暑假去旅行時，我們一起洗過澡吧。」

她突然改變話題，我慌張得手中的罐子差點滑落。

「唔？那是意外！而且妳穿著泳裝吧。妳只是在捉弄我不是嗎？」

瀨名會一行人到神崎老師的別墅過夜，一直玩鬧到深夜。清晨醒來的我在早上泡澡時打瞌睡，不知不覺間，朝姬同學出現在我身旁。

「那是故意的。我是去誘惑你。」

朝姬同學明確的告訴我。

「對我來說只是意外。」

「唉。試著鼓起勇氣，卻在浴池裡泡昏頭，我也在最後關頭掉以輕心了。」

「朝姬同學……」

「我心想如果比有坂同學搶先一步，或許能稍微動搖希墨同學的專情。」

「妳太考驗男人了。在各種意義來說都很危險喔。」

「原來很危險啊。」

「我當然心跳加速了。」

「嗯。我也心跳得很快……然而，當媽媽告訴我再婚的事情後，我變得完全沒有餘力將能量分配在戀愛上。」

「我記得妳好像是戀愛優先順位很低的類型。」

朝姬同學向我告白時，自己這麼說過。

然後她說，她喜歡瀨名希墨喜歡到足以改變順位。

「我真的很討厭冷靜的自己。明明還抱著這麼特別的感情，我卻判斷現在沒空理會這些而擱置下來。」

「家人這個自身的基礎即將改變，那是當然的反應。」

「真羨慕能用戀愛來逃避的女生。」

「這代表朝姬同學有那麼成熟。」

「如果成為真正的大人，就能好好地控制自己的情感嗎……」

「那樣一定會更輕鬆吧。」

無論愛情、青春或人生，對高中生來說都是重擔。

可能會影響一輩子的決定，哪能這麼輕易做出來呢？

但四季更迭，不會等待我們的成長。

在內心被幼稚的確信和愛作夢的希望擺布之餘，我們逐漸成長為大人。

「唉～談得太專心，幾乎都沒喝。玉米濃湯完全冷掉了。」

朝姬同學喝了一口，一臉可惜的說。

我也把玉米濃湯全部喝光。

「朝姬同學家在這附近嗎？我送妳。」

「我一個人走沒問題。今天謝謝你過來。」

「要好好祝賀妳媽媽喔。」

「我知道啦。再見。」

我在最後再度叫住快步邁開步伐的朝姬同學。

「等等，朝姬同學。」

我們兩人的距離拉開了大約五公尺。

如果不拉高嗓門，對方就聽不到。

「……什麼事？」

她回過頭，露出明白我要說什麼的表情。

「——朝姬同學。謝謝妳喜歡我！我真的很高興！」

「那就答應我呀。要和我交往就趁現在。我或許遲早會改變心意，熱情冷卻！」

「我喜歡的是另一個女孩！所以，抱歉！我無法回應妳的心情！」

我說出口了。

這是我的了斷。

我說出暑假旅行時，在浴室未能告訴她的答覆。

我發現了，曖昧的關係與容許拖延的半吊子溫柔對彼此來說已無意義。在這裡做個了結，是對於我們最好的結局。

因為，現在能夠為結束強行找出理由。

再延後下去，傷口會變得更深吧。

「七十分！」

朝姬同學突然大喊。

「這是什麼的分數？」

「拒絕女生的方式！」

「扣分的理由是？」

「刻意不提真愛的名字，這種體貼很煩人！還有、還有……」

「說啊！」

「在最好的時機來幫助我，最後拒絕我，對於這種渣男的差勁眼光，我已經厭倦了！如果你以為我會一直單戀你，那可是大錯特錯！」

朝姬同學沒有哭。

「希墨同學，你絕不會後悔嗎？」

我也明確地點點頭。

「那麼以後，我們就真正地當一對單純的搭檔吧！」

支倉朝姬果然是個迷人的女孩。

儘管如此，我有更加喜歡的女孩。

距離文化祭還剩下一週時間，校內的氣氛漸漸從心神不寧變得殺氣騰騰。

文化祭執行委員會成員穿著工作人員用的色彩鮮豔半袖上衣，遍布校園各處。他們忙著掌握各班、各社團、各團體的進度以及給予指導。

即使是費心思製作的招牌，如果有倒下的危險，就會毫不留情地指導學生們拆除並採取安全措施。

如果有準備內容與申請內容明顯不符的可疑團體，則會於聽取情況後，重新判斷他們是否可以參加。

在一片忙亂中，至於我則在花菱的許可下，終於完成了舞台管理進度指南的修訂。

我把指南分發給負責主舞台的工作人員，讓他們記住當天的基本行動。

在這個前提下，文化祭兩天期間的舞台節目的彩排，在放學後分為數天進行。透過實際執行各團體道具的搬入及搬出、在舞台上的表演以及轉場來找出問題，逐步提升精確度。

活動當天的幕後是戰場。

檢查指揮系統、動線、引導帶路的作法、掌握表演者和工作人員的位置、輔助轉場等等，大家逐一確認必須掌握的重點。

文化祭當天，我們主舞台負責團隊，會常駐於體育館負責管理整體進行。

雖然我去年也經驗過，我再次切身感受到，這是個辛苦的工作。

我們盡力了。接下來只有祈禱不會發生麻煩。

於是，我們迎來文化祭前一天的星期五。

今天不上課，被安排為準備日。

由於小宮設計的班級T恤成品很時髦，班上的士氣高昂。

早上的導師時間結束後，大家改換教室桌椅的排列，先排出餐桌。為教室內進行裝飾，以隔板將接待空間及備餐空間區隔開來。

七村帶領男生們來進行，讓教室的內部裝潢也呈現出很不錯的中國風氣氛。

多虧了夜華，各種道具及材料的訂購也沒有缺漏地精確完成。

那些烹調器具等等陸續搬運進來。

在男生們幹體力活的時候，去換衣服的女生們回到教室。

「怎麼樣？看呀看呀。我試著自己改了衣服！」

小宮所穿的不是普通旗袍，而是加上鈴鐺和繩子裝飾，調整長度等等，以自己的風格修改過的原創服裝。衣服底下穿著長袖連身裙，還戴上帽子等等，展現了具小宮特色的玩心和品味。

向前伸出雙手蹦蹦跳跳的小宮非常可愛。

「很棒喔，宮內！很有意思。」

「嗯。小宮，非常適合妳喔。」

七村和我都興奮地說出感想。

面對換好衣服的女生們華麗的服裝，正忙著辛苦的搬運作業的男生們也不禁停下手邊動作觀看。

「好了，別看得著迷，停下來不動。不趕快做完準備，明天會很辛苦喔。」

這麼發出呼籲的朝姬同學也穿著一身鮮豔的藍色旗袍。

裙子開高衩的正統派簡單設計，使穿著的女孩魅力更增三倍。

那若無其事又冷靜的姿態，甚至充滿優雅。

果然旗袍是正確的選擇，我和七村用眼神交談。

「嗯，不統一服裝是對的。有自備服裝組在，會形成非常華麗又愉快的氣氛。有慶典的感覺。」

這麼下總評的夜華，穿著裝飾比任何人都更精細的豪華紅色旗袍。

那明顯與其他服裝有區別的精製款式，穿在夜華這位美少女身上，散發出壓倒性的存在感。即使胸口敞開，裙子長度偏短，仍然給人高雅的印象，果然是由於穿著者的魅力所致吧。她的長髮也紮成兩個包包頭，已經達到完美了。

光是能看到情人與平常不同的服裝，就令我興奮起來。

另一方面，不想讓任何人看到她這股總是存在的占有慾在悸動。

女生們因為更衣而顯得興高采烈，把確認接待客人的操作步驟拋在一邊，進入拍照留念時間。

「感覺會拍個沒完沒了，我們先來拍班級團體照吧？」

由於朝姬同學的提議，我們站在黑板前排好。

的確，明天要準備開店，應該從早上開始就會手忙腳亂，如果大家要合照，這是最適合的時機吧。

「那麼，我來拍照吧。」神崎老師表示。

「請別因為沒穿旗袍就那麼客氣啊。一起合照吧。還是說老師要換衣服呢？小宮，還有預備的旗袍嗎？」

「有是有，但不知道容納得下神崎老師的好身材嗎？」

我開起玩笑，小宮也跟著開口。

真想看神崎老師穿旗袍的樣子！很多男生應該也是這麼想的吧。

「我才不會穿！真是的，就算是文化祭，也興奮過頭了。」

我請路過的朋友擔任攝影師，二年A班全體成員微笑比出V字手勢。

留下了美好的紀念。

「夜華。我有點事想確認，可以嗎？」

在夜華被捲入女生們的拍照地獄之前，我從教室角落朝她招招手。

「希墨，什麼事？」

「其實沒什麼事，我是覺得拍照會害妳為難。」

我用大家聽不見的音量悄悄告訴她。

夜華微微張大眼睛，忽然放緩了表情。

「謝謝你注意到了。」

「……話說回來，暴露程度比想像中來得高呢。不愧是亞里亞小姐挑選的。」

我忍不住在近距離重新觀察。從開岔處露出的美麗雙腿曲線，能讓人一直看下去呢。我都想直接舉辦一個人的鑑賞會了。

「別盯著猛看。很難為情。」

夜華試圖用雙手遮著性感的胸口與大腿。

「不過，妳剛剛態度不是堂堂正正的嗎？」

我還以為夜華連出現在大家面前都會感到遲疑。

「因為在家裡相隔許久後試穿時，被姊姊拍了很多照片，我習慣了。她要求我擺了好多姿勢。」

「真是聽到了好情報。之後請亞里亞小姐傳照片給我吧。」

「不行！不行喔！我不允許照片外流！」

「黃金週時她也傳過泳裝照給我嘛。」

「那完全是偷拍！」

「這次妳穿著衣服，反倒沒問題吧？」

「姊姊很擅長慫恿人。所以，那個……」夜華格外吞吞吐吐。

「拍了那麼性感的照片嗎？我愈來愈好奇了。」

不好的妄想在我腦海中擴散，我吞了口口水。

「我本人就在你眼前，所以不用了吧！希墨大色鬼！」
「我甘願接受這種稱呼。那就是男人。」
「態度還前所未有的理直氣壯。」
我如今也不怕夜華鄙視的眼神了。
「……因為集訓那天晚上更不得了嘛。」
我小聲呢喃，「那、那、那是！」夜華發出語不成聲的聲音。
「喂，沒事吧？」
我不由得抓住夜華纖細的手臂。好燙。
更重要的是，她面紅耳赤地不肯看我。
「夜華？」
「因為我們一直都在練習，也沒辦法約會……那一夜現場表演直播很順利，我心情非常飄飄然，那個，我也不是正常狀態！」
「女王的任性，可是讓我心跳加速喔。」
我像挑逗般暗示。
連我自己都覺得，我在教室裡說些什麼啊。
如果有人聽見這段對話，會招來極大的誤會。
不過，對我而言那夜的夜華就是如此令我如此鮮明難忘。

「——我不會叫你忘掉。」

夜華沒有別開頭，注視著我的眼睛。她整張臉都紅透了。

「希墨從一開始就說過對這種事情感興趣，我自認知道這一點。」

「啊，嗯……」

儘管是夜華問我是不是對色色的事感興趣，我的回答實在太毫不猶豫了。『真誠實！』

夜華那犀利的反應也回得很快。

——不過，事情就是這樣。

我沒有幼小到只靠單純的好感就會滿足的程度。

想更深入了解喜歡的女孩是十分自然的。

集訓那一夜，在客廳兩人獨處的我們，擺脫了可能會被叶發現的緊張感後，恢復了理智。那像野獸般渴求對方嘴唇的舉動簡直像假的一樣，我們彼此害羞起來，逃跑似的回房間。

發燙的身體無法平息，結果我直到清晨才入睡。

「我也知道比接吻更進一步的行動。我並非想吊你胃口。我很喜歡和你互相接觸。因為很喜歡，那個，我認為這非常重要。」

「嗯，希望對於我們兩人來說是特別的。」

「嗯。就是這樣。」

我輕輕握起夜華的手，代替回答。

我彷彿要確認每一根手指般碰觸著她，並緩緩握住。

不需要言語。

我們的兩情相悅變得更加強烈，僅僅只是牽手，對方的心情就能傳達過來。

「你們是不是在聊色情話題？」

朝姬同學不知不覺間偷偷靠近。

「喂，別擅自偷聽！」

「啊，真的是那種內容啊。因為你們兩個之間瀰漫著粉紅色的氣氛，我才隨口說說而已。一大早就那麼火熱呀。」

朝姬同學的眼神在偷笑。

「有什麼事嗎？」

夜華對於她的登場露骨地防備起來。

「……妳不必那麼警惕。放心，我已經明確地被希墨同學甩了。」

「咦，在什麼時候？」

夜華將一雙大眼睛瞪得更大。

「在集訓結束，希墨同學過來找我的時候。」

「他不是去幫助妳嗎……？」

「是呀，他把別人的心情攪得一團亂後拒絕了我。」

你到底做了什麼？夜華看著我用眼神說道。

「我做了了斷。」

「有坂同學最好也要小心喔。希墨同學的乾脆在結束時也毫不留情。」

我以生硬的聲調回答。

「等等！太突然了，我還跟不上你們。為什麼在我不知道的地方做了了結？」

夜華小姐抱住腦袋，陷入大混亂。

「因為是我單方面的單戀呀。所以，我要取消在旅行時發出的宣言。」

朝姬同學沒有逞強的樣子，輕描淡寫地說道。

「呃、呃。我該做出什麼反應才好？」

夜華似乎不知道該把情緒安放在哪裡，慌張地混亂不已。

「你們倆還是和至今一樣沒有改變吧？」

「支、支倉同學可以接受嗎？」

處在震驚中的夜華，偏偏向朝姬同學本人這麼問。

妳是惡魔嗎？

「妳想在傷口上撒鹽？有坂同學也相當壞心眼呢。」

連朝姬同學也不禁皺起眉頭。

「不是的！我知道妳是認真的。所以才會抱著警惕。」

「嗯～我和希墨同學從一開始就太合得來，讓我誤會了。從搭檔關係延伸出去，容易把他視為戀愛對象，也容易想像與他交往時的情況。結果，比起刺激感，我更尋求的是安心感。所以像橫刀奪愛這種在精神上令人疲憊的事情，我做不下去了。而且，在各方面來說時機也不巧。」

朝姬同學露出有點悲傷的表情。

「怎麼樣，可以理解了嗎？」

「嗯，算是吧。」

夜華也點點頭。

能把想法化為具說服力的言論，是支倉朝姬的強韌之處。

已經做出了斷的我絕不能去思考，這番話有多少是出自真心。

「唉，希望希墨同學有一天深深後悔沒有選擇我。」

嘴角帶著微笑、話中帶刺、目光含毒。

彷彿要結束這個話題，朝姬以那種意味深長的表情看向我。

「只要有我在一起，那種未來絕不可能發生！」

情人夜華從正面否定了那種可能性。

「所以，你們要永遠相親相愛喔。如果分手了，我可不原諒你們。」

朝姬同學以平常的調調，調侃般地挑釁著。

「喂，瀨名！你在那讓兩位旗袍美女陪侍搞什麼啊！給我幹活、幹活！」

站在梯子上調整燈籠位置的七村大喊。

「好的～七村同學。我只是想提醒在教室角落卿卿我我的他們而已，我是無辜的～」

朝姬同學用雀躍的語氣向七村告密。

「什麼～！弟兄們，抓住瀨名！最近那傢伙太受歡迎了！」

贊同七村的男生們撲向我，突然像扛神轎一樣把我扛起來。

「不，什麼什麼？」

「明明是瀨名，真叫人羨慕！」扛起我身體的班上男生們發出嫉妒和怨恨的叫聲。他們直接配合七村的信號，將我拋起來。

直到神崎老師發出警告為止，我飛上了半空好幾次。

差點撞到天花板，真的很恐怖。

文化祭狂熱，真厲害。

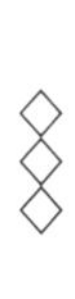

下午，我們在體育館的主舞台上舉行R-inks的最後彩排。

我們重新檢查了音響及燈光，站位的調整，正式表演時的動作等等，並演奏一首曲子。已結束彩排的團體也留下來聽我們的表演。

不僅是因為我們是去年大受好評的叶未明的樂團，自從前幾天現場表演直播後，我們獲得的反應超乎想像，也常常有人來找我說『我很期待現場表演』。

卯足幹勁舉行的彩排，在沒有出現嚴重失誤下結束了。

我們感受到切實的手感，離場退到舞台邊。

「很好，感覺很棒！」

自從集訓以後，小宮不再是單純唱得好，也能唱得生氣勃勃了。

「嗯。照這樣子看來行得通！」

即使在有觀眾的環境中，夜華也藉由一直注視我的背影，得以不緊張地彈奏下去。

「在答應時我還想過不知會怎麼樣，但看來是白擔心了。」

花菱以學生會長的身分想像著文化祭的最終演出，同時也以表演者的身分用強而有力的節奏打鼓。

「那麼，請發表對於正式表演的抱負——阿瀨，請說！」

叶收斂自己，彈出厚實的貝斯聲，彷彿在守護著我們。

「這種事不是該由團長來做嗎？」

「我不擅長問候。而且這支樂團能夠組成，還有樂團名字的由來，都是阿瀨嘛。來個令人精神大振的問候吧！」

既然是團長的命令，那可不能違抗。

我們圍成一圈。

我環顧大家，思考要說些什麼。

我的電吉他目標是彈奏得正確又完美，但直到現在仍小失誤不斷。儘管如此，我變得比以前更清楚地意識到去聆聽其他四人的音樂。經過現場表演直播後，我覺得自己已經訓練出了膽量。

比起我一個人的完美，就算並不完美，我們五人合奏時的音色不知道變好了多少。

那正是叶所說的化學效應吧。

不是正確性的相加，而是透過將彼此的個性相乘，如發生化學變化般演奏出截然不同的音樂——我先前也有觸及了這個效應一部分的感覺。

「聽著。反正這是個有電吉他才剛彈三個多月的初學者在的樂團。在正式表演的舞台上也會失誤吧。所以，讓我們理直氣壯地為所欲為，全力享受音樂吧！」

「這是什麼口號啊。」夜華爆笑出聲。

大家也跟著笑了。

文化祭終於開始了。

第九話　於是祭典開始了

文化祭第一天。

二年A班的茶樓咖啡廳在剛開店後立刻客滿，連走廊上都有人排隊。

旗袍的效果果然強大。

後場人員忙著準備食物和飲料，忙到沒有時間開心。

雖說是茶樓，不拘泥於正式作法，為了提升客人的翻桌率而只提供冷飲是正確決定。如果供應溫熱的中國茶，排隊的人龍將會愈來愈長吧。

剛端上餐點，下一張點菜單就進來了，烹飪組正在全力運作。

「瀨名同學。肉包是不是燒焦了？」在我身旁同樣負責煎烤的同學指出這一點。

「……咦，不會吧？啊～搞砸了。」

我打開電烤盤的蓋子，一股焦味傳來。

翻過來一看，雪白的肉包已經從酥脆的焦黃色變黑了。

這個已經不能端給客人吃了。我立刻把燒焦的肉包從電烤盤中取出，重新再煎一個。

我把窗戶開大，以通風散去焦味。

「希墨、七村同學。可以拜託你們來協助接待客人嗎？」
面對超出想像的盛況，穿著旗袍的夜華慌張地問我們。
「瀨名同學，這邊沒問題，你去幫有坂同學的忙吧。」
「不好意思。謝了。」
我脫下圍裙，來到隔板另一頭的用餐區。
「希墨請去收拾空桌。我想讓女生專注於點菜及上菜上。」
「我知道了。」
因為分配人手去整理延伸到走廊上的隊伍，接待客人的工作人員不足。而負責整隊的旗袍女生又成為宣傳，使得隊伍排得更長了。
「七村同學，請把吃完餐點卻不肯離開的客人請走。另外，也請提醒行動可疑的人。」
「知道了！」
我收拾空盤與紙杯。
「墨墨，那邊收完後，後面的座位也拜託你了。」
我和點完菜的小宮擦肩而過時，她小聲地拜託我。
「了解。生意真興旺。」
「又開心又忙碌呢。」
小宮微微一笑，去向烹飪組傳達點菜單。

七村站到一群玩著手機，久坐不走的大學生團體背後。

「不好意思。由於有其他客人在候位，用餐完畢後請離座。另外，店內禁止拍攝餐點以外的東西，如果各位不慎拍了照片，還請刪除。」

七村和顏悅色又有禮貌，但聲音低沉地緩緩提醒他們。

面對體格健壯長人的震撼力，久留的他們說了句：「謝謝招待！」逃跑似的離開了。

「與其說是店員，不如說是保鑣啊。」

「保護女性是男人的義務。」

七村也和我一起收拾餐桌。

「在海邊搭訕的傢伙真敢講。」

「只要雙方同意就可以。對方也有那個意思吧。」

「你不僅把我拖下水，還拋下我獨自逃跑了。」

「那是我沒辦法違抗神崎老師。」

七村也對神崎老師抬不起頭。

「都因為你，我像幼稚園小孩一樣被老師帶走了喔。」

「被神崎老師這樣的美女照顧有什麼不好的。反倒算是賺到了。首先，你不是她的代理男友嗎？」

「是前任代理男友。」

面對取笑我的七村，我一臉認真地訂正。

「我反倒以為會是你率先去提醒抱著搭訕目的的客人喔。你眼睛很尖，不會錯過這種舉動吧。又沒睡飽嗎？」

「嗯，因為昨晚也練電吉他練到很晚。」

「別怯場。在正式上場時，有點得意忘形剛剛好。那會增加表現的創造性。」

「這句話由籃球社的王牌選手說起來，很有說服力啊。」

音樂和體育雖然類別不同，我感覺到兩者有相通之處。

當我忙得沒時間休息，在用餐區和後場之間來回穿梭時，教室裡出現了熟悉的面孔。

「希墨，我來嘍～！」

「映？」

發現我的映活力十足地呼喚。

「嘖，連老媽和老爸都來了？」

當然，在小學四年級的妹妹背後，還有身為監護人的我家雙親。

瀨名的家人今年也意想不到地來店裡了。

「嘖什麼嘖啊。」

媽媽對我露骨的反應感到不滿。

「因為你們都說有工作，今年不能來啊。」

「我因為對方的狀況，攝影工作延期了。你爸爸一聽到要去希墨那邊，立刻說他會搭新幹線趕回來。你很受疼愛喔，兒子。」

媽媽這麼說著，拍打我的手臂。

對於從以前起就對我無所顧慮的母親，我從不曾成功地反抗過她。仔細想想，我會開始不甘情願地努力鑽研強人所難的課題，也是因為這個直爽母親的緣故。再加上年齡有段差距的妹妹映的出生，我即使不情願也培養出身為哥哥的責任感。

「哎呀～～我是無所謂，但她應該沒做好心理準備。」

「她是指誰啊？」

我還沒回答，「夜華！」映馬上發現了她，撲上去抱住。

夜華之所以僵住，當然不只是因為映撲上去的關係。

而是察覺了我雙親的存在。

畢竟連我都不知道他們要來，不可能事先通知夜華。

「映，妳認識她嗎？」

看到映親暱的模樣，我家母親毫不設防地發問。

「她是希墨的女朋友。」

於是，讀小學的妹妹毫不遲疑地直接回答。

「咦咦？」

媽媽不顧眾目睽睽，喊得非常大聲。

「媽，妳太大聲了。大家都在看。」

在家以外的地方，會讓人過度在意父母的反應呢。

「不會吧，討厭啦。你和這麼漂亮的小姐在交往嗎？」

看到夜華，我的老媽很興奮。

也是，連我直到現在都還對自己情人的美麗著迷不已。

另一方面，夜華緊張到了前所未見的程度。

面對突如其來發生的問候對方雙親事件，她一定是想設法露出笑容，但不只臉頰肌肉，她全身都僵硬不已。

為了居中調解，我先行介紹。

「她是我正在交往的女朋友。名字叫有坂夜華。夜華，這是我的父母。」

「初、初次見面！我正與希墨——希墨同學交往，名叫有坂夜華。請多多指教。」

「謝謝妳這麼周到。我是希墨的母親。兒子總是受妳關照了。」

母親拿出鄭重的客氣態度，臉上卻難掩對兒子情人的好奇心。

「能和這麼漂亮的小姐交往，希墨也真有一套。」

爸爸一派悠哉。

「吶，有坂同學。你覺得我們家的希墨哪裡好呢？」

媽媽毫不顧慮地問夜華。

「這樣擋到後面的人了，去桌邊坐下吧！」

因為感覺他們會永遠站著閒聊下去，我試圖帶他們到空桌就座，以打斷對話。

「我想拜託有坂同學而不是你帶位。」

「請勿指名店員！」

「希墨，我來就行了，不要緊。」雖然還表情緊繃，夜華試著盡到自己的職責。

「如果被問到什麼失禮的問題，真的別理會就行了。」

在那之後，我在家人們用餐的期間都坐立不安。在點菜的時候，他們也問了夜華各種問題，夜華也努力地回答。啊，對心臟真不好。

「請務必嫁來我們家喔。我很歡迎妳！」

「是！」

離席的時候，媽媽華麗地扮演起婆婆，鎖定未來的兒媳。

話說回來，夜華的回答毫不猶豫。不，我非常高興就是了！

「跑來文化祭說這些幹嘛啦！」

對於興奮得冒失的家人，我的精神也達到了極限。

還有同學們在場耶，你們在搞什麼啊。

「希墨。難道你不打算負責到最後，戀愛只是玩玩而已嗎？媽媽從以前起就告訴過你吧，無論什麼時候都要認真地面對女孩。首先，如果錯過這樣的大美人，你往後一輩子再也找不到比她更好的人了！」

「我當然想一直交往下去。可是，這不是該在這裡說的話吧。」

「你沒辦法在眾人面前光明正大地說出口嗎？這麼軟弱，有坂同學可是會厭倦你喔。」

「媽媽，拜託妳回去吧！」

「既然是認真的，即使早了些，我們家都ＯＫ喔！」

一涉及到我母親，連映都變得老實了。

與這樣的女性結婚的父親，只是笑咪咪地關注著家人，甚至沒有插話。

當家人終於離開教室時，一股虛脫感一口氣湧了上來。

只有夜華高興地露出害羞的笑容。

◇◇◇

「喂，瀨名。這裡不用幫忙了，跟有坂一起去宣傳吧。」

七村突然這麼說。

「先不提我，帶走夜華沒關係嗎？」

雖然隊伍已漸漸消化，還是不斷有客人上門。

「笨蛋。有坂在外面四處逛就是最好的宣傳吧。我是叫你順便去約會。把之後的休息時間加起來，會有一段比較長的空檔吧。你就藉有坂補充活力吧。」

「……謝了。」

「瀨名。至少要堅持到明天啊。」

「我知道。雖然會晚到，但我也會去看籃球社交流賽的。」

我和夜華以宣傳活動的名義，離開了教室。

「二年A班開設了茶樓咖啡廳～特色點心是煎得酥脆的肉包。也請一起享用冰涼的茶與珍珠奶茶。由穿旗袍的女生負責接待喔～」

我帶著夜華招攬客人，分發傳單。

夜華穿著旗袍走在走廊上的身影，吸引了所有擦肩而過行人的視線。

「吶，希墨。不能去人更少的地方對吧？」

「我很想這麼做，但那樣就不能宣傳了。」

夜華這活招牌效果驚人，帶來的一大疊傳單陸續減少。

「難得能和你一起逛文化祭。我會忍耐的。」

「不過，妳看來比想像中來得平靜耶。」

「因為比起向你的雙親打招呼，這還輕鬆多了。」
「抱歉，這麼突然。」
「雖然嚇了一跳，你的家人很友善，我很高興。」
「既然是夜華，他們當然會很歡迎嘍。」
「你媽媽感覺很帥氣，有職業婦女的風采。爸爸看來很和善。」
「我爸媽聽到這感想會高興得想哭呢。」
「拜此所賜，感覺我對明天的現場表演也不會緊張了。」
「那就好。」
好了，說著說著帶來的傳單全都發完了。而且正好到了休息時間。
「那麼，來場文化祭約會吧。給妳。」
我脫下綁在腰間的運動外套，披在夜華肩上。
「謝謝。沒關係嗎？」
「穿這身打扮在走廊上會冷吧。而且也能稍微遮蓋一下。」
因為已經進入休息時間，也沒必要扮演活招牌。
夜華緩緩套上運動外套。
「哇，好大。袖子也多出一大截。而且，有希墨的味道。」
這不是男友襯衫，而是男友運動外套。

因為運動外套的下襬正好完全遮住旗袍，會讓人誤以為底下沒穿。衣襬和膝上襪構成的絕對領域，老實說很色情。

看到情人穿著自己的衣服，真令人心動。

夜華直接攬住我的手臂。

「沒關係嗎？」

「因為這不是相隔許久的約會嗎，而且還是文化祭。」

我和夜華一起隨興地在校內閒逛，參觀展示主題。

我們帶著游戲主機，中途參加〇利歐賽車比賽。其實是個遊戲玩家的夜華以壓倒性差距擊敗了正在連勝的男學生，讓觀眾們大吃一驚。不愧是在美術準備室偷偷鑽研遊戲的人。原來沒有我以身體接觸干擾，她能跑得這麼快啊。夜華得意洋洋的表情又孩子氣又可愛。

我們看了自製電影短片，去了擺占卜攤的班級，把感興趣的地方大都逛過了，只有鬼屋因為夜華給出NG而跳過。

暑假在有坂家看恐怖片時，她一直緊抓著我不放嘛。

我們不時在小吃攤吃東西，兩人一起享受文化祭。

「希墨，你不用再吃點別的嗎？你應該還沒吃飽吧？」

「因為我有隨便吃些燒焦的肉包等等，肚子沒那麼餓。」

「真的嗎？感覺你的食慾比平常來得差。」

「明天終於要現場表演了耶。我當然會緊張得食慾不振。不過，光是可以跟夜華在文化祭約會，我就恢復精神了，別擔心。好了，接下來要去哪裡？」

我們能光明正大地手牽手走在走廊上，也是因為文化祭特有的慶典氛圍。

「那茶道社呢？紗夕說她也會泡茶喔。」

「那我們就喝抹茶休息一會兒吧。」

我和夜華難得主動前往茶道社的社團教室。

「希學長、夜學姊。歡迎光臨。」

紗夕穿著和服出來迎接我們。

和服散發沉穩的氣息，頭髮整齊地紮起來，使紗夕看起來比平常來得成熟。

「兩位請進。你們正好在有空檔的時機過來，太好了。」

「紗夕，這身打扮很適合妳喔。」

「謝謝。夜學姊的旗袍也很迷人。」

夜華與紗夕說說笑笑地互相稱讚與平常不同的服裝。看到她們這麼開心，真是再好也不過了。

「而且還披著男友運動外套，夜學姊也意外地愛秀恩愛呢。還牢牢地牽著手，這不是在盡情享受文化祭嗎！」

「這件衣服是希墨怕我會冷，借給我的。」

被直接地指出這一點，夜華在害羞之餘也不掩藏優越感。

夜華是會對這種事情確實感到高興的類型呢。

「有什麼不好的，那是擁有情人的人所持有的特權！希學長穿得少，應該也會冷吧，請進來暖暖身子。」

當紗夕帶我們進入茶室，身兼茶道社顧問的我們班導師神崎老師，同樣穿著和服，姿勢端正地坐著。

那凜然的身影，令我回想起為了幫老師拒絕相親而答應擔任代理男友時的事情。

神崎老師真的非常適合和服。真美。

我不禁看得入神。

「瀨名同學？別愣在那裡，和有坂同學一起過來這邊。」

「老師，原來妳在這裡啊。」

被老師叫到名字，讓我回過神來。

同時，這間茶室和神崎老師組合而成的景象，令我莫名地心神不寧。

每次我都在這個情境下被命令去解決難題。

固定印象真可怕。

我反射性的警惕起來。以謹慎的動作屈膝正座。總覺得身體好沉重。

「希墨，你動作好像有些僵硬？」

「是妳的錯覺。」

老師瞥了我一眼說道：「瀨名同學，像有坂同學所說的一樣，你動作僵硬喔？」不解地歪歪頭。

「不，我一瞬間想到，今天不知道會被怎麼強人所難。」

「——我不會再做那種事了！」

神崎老師認真起來否定。

「老師，請冷靜。」紗夕迅速地安撫道。

之前那麼不擅應付神崎老師的紗夕，在不知不覺間變得能與她正常交談了。我對這個變化感到高興。

「班上那邊生意興隆，真是太好了。」

神崎老師刻意清清喉嚨，重啟話題。

「是的，這都多虧了夜華與七村的努力。」

我以眼神向夜華示意，自豪地報告。

「太好了。請繼續留意，避免發生受傷和意外。」

「那麼，我來為兩位泡茶。」

紗夕坐到茶釜前方。

「請來杯好喝的茶喔。」

「指導我的人是神崎老師，沒問題的。」

「幸波同學練習得十分努力，不用擔心。」

神崎老師以靜靜的聲音打包票。

正如她所言，紗夕的手法熟練得不像初學者。

舉止細心又流暢，每一個動作都毫不遲疑，看起來優美而賞心悅目。

我們好好地享用了點心和茶。

因為在茶喝完時有新的客人進來，我們便離開了茶室。

「那麼，不好意思。接下來我要去處理主舞台那邊的工作。雖然大概得在下半場過去，我會去看七村的比賽。」

「文化祭執行委員會那邊也加油喔。籃球社那邊，我會先和日向花一起過去，為你占位子。」

「謝啦。夜華也在班上那邊加油。」

「嗯。」

夜華依依不捨的垂下眼眸。

愈快樂的時光，愈稍縱即逝。

文化祭約會今天到此為止。我們必須再度回到各自的職務上。

「啊，運動外套還給你。」

「反正我會穿半袖上衣，妳可以繼續穿著。」
「是嗎。那麼我就感謝地收下了。」
夜華臉上高興地迸出光彩，乾脆地停下脫外套的動作。
「只是件運動外套喔。」
「是我男朋友的運動外套。」
因為她說得非常欣喜，我也跟著笑了。
情人的笑容果然是特別的。
光是看著就能感到幸福。
因為要前往的方向相反，我站在茶室前的走廊上目送夜華離開。
我一直揮手直到夜華的背影在走廊轉角的彼端消失。因為我揮得太久，她在越過轉角前，回頭露出苦笑說「希墨你也快點過去吧」。
在我準備離開時，神崎老師正好從茶室走了出來。
「老師的輪值結束了嗎？」
「是的。交給幸波同學我放心。她吸收得非常快。」
「謝謝妳關照紗夕。」
「讓學生發揮才能，是教師的樂趣。」
「老師，明天請來看現場表演。對我來說，這是從夏天開始努力的集大成。」

我彎起手臂擠出肌肉。

「……瀨名同學，你身體狀況沒問題嗎？」

「咦？我才剛和夜華約會，補充了活力喔。」

「如果你出了什麼事，監督責任在於我。我知道瀨名同學很忙。即使如此，如果超出極限，將會一無所獲。」

老師蓋過我的話頭，給予忠告。

「老師，請別說得那麼誇張。」

「我有職責必須保護學生。即使學生不願意，我也會代為踩煞車。」

她在相隔許久後展現了可怕老師的一面。她真的毫不留情，認真地重新轉向我。

那冷冷地不由分說的單方面態度，不容許我採取懷柔作法。

「老師，我還年輕，只要睡一晚就沒問題了。」

反正還剩一天。到了明天的現場表演就結束了。

因為星期一是補假，等到一切結束後再充分休息就行了。

「我在擔心你。」

那番話在身為老師的凜然與威嚴中，隱約可見神崎紫鶴這名女性的關懷，讓我很難為情。被這麼漂亮的年長女性直接地關心，不會有男人覺得反感吧。

「……老師最努力的瞬間是什麼時候？」

一段漫長的沉默。看樣子她不想回答。

老師總是寡言少語，但不回答卻很少見。

「我就是現在。我總覺得只要讓這場文化祭的現場表演成功，就能對自己抱持自信。只要達成了，我也能稍微對自己感到自豪。」

「瀨名同學已經很棒了。」

「可是，我身邊不都是些很厲害的傢伙嗎？即使平常不在意，但我偶然會有一瞬間拿他們作比較，覺得自己非常普通，暗中感到沮喪。」

我沒有隱瞞的說出真心話。

「瀨名同學令人敬佩之處，是能主動察覺自身的不足，既不逃避也不掩飾，淡淡地持續努力。這並非任何人都做得到的事。」

「這就是我不喜歡的地方啊。當然，品格與日常的行動受到稱讚很可貴。我很感激有幸擁有良好的人際關係，能夠在這些不容易看到的部分獲得肯定。正因為如此——我想要確實的結果。」

「你也是男生呢。」

彷彿看著某種耀眼之物，神崎老師神情充滿慈愛地瞇起眼睛。

聽到我充滿決心的話語，神崎老師難為情地回答了我方才的問題。

「請瀨名同學當代理男友，與我的雙親見面時，是我最努力的時候。」

「原來有那麼辛苦啊。」

「你會笑我嗎？」

「不擅長應付的事物因人而異。老師只是剛好是父母而已。而且妳不是非常努力嗎？」

「被學生稱讚，有種奇妙的感覺呢。」

「妳不喜歡嗎？」

「不，正因為是瀨名同學說的，才會有異樣感吧。」

「我還真惹人厭啊。」

「我怎麼會討厭你！」神崎老師慌忙否認。

慌亂只出現一瞬間，她立刻恢復屬於老師的表情。

「不，反倒相反。正因為是一起跨越過難關的你所說的話啊。我從沒有像那時候一樣覺得瀨名希墨如此可靠。」

「請期待現場表演。我會努力到最後的。」

「我也支持你。不過，如果有什麼狀況，我身為老師一定會出面阻止。」

神崎老師的說法一反常態地保護過度。

我在等候室披上文化祭執行委員的半袖上衣，戴上對講機。

耳機裡傳來各種定時聯絡。

我到舞台邊會合，和朝姬同學換班。

「朝姬同學，進展如何？」

「希墨同學的預估很完美。因為安排了準確的時間表，現在進行得很流暢。多虧你修改過的指南，大家都能順利應對。」

「那本進行指南從亞里亞小姐當學生會長的時代開始沿用至今，我總覺得過時了。修正能派上用場就好。」

仔細閱讀指南，隱約可以看出製作者的性格。

製作者小玄，也就是花菱的哥哥，似乎是十分一絲不苟的類型，以嚴守行程為主旨安排了非常緊湊的流程。

我這次安排了更靈活一點的時間表。

除了表演之間的換場時間，我還預留了在會場內發出提醒的時間，好讓延誤發生時，可以用那段時間吸收掉。如果出現嚴重的延誤，就把整段提醒時間跳過以對上時刻。另外，為了讓大家好好閱讀指南，我還在各頁下方添加小提示和經驗談等等趣味性點綴。

我設計成只要看過一遍指南，就能做出最低限度的自主判斷，以避免不必要的詢問。

「居然毫不遲疑地徹底修改，你意外地大膽呢。」

「我已徵得創造傳奇的本人同意，沒有問題。而且我只是根據去年的經驗，配合實際情況進行調整而已。」

「多虧了這樣，一年級生們都說內容易於理解，非常高興喔。」

「我只是想在正式活動時偷懶罷了。別發生必須臨場立刻做出判斷的情況比較好。」

「那不叫偷懶，而是準備充分呀。」

「因為順暢是最重要的。」

「明天的現場表演，感覺也能順暢地彈奏嗎？」

朝姬同學探頭注視我的臉龐。

「能做的我都做了。接下來的事只有神知道。」

於是談話到此中斷。

和朝姬同學兩人獨處地在昏暗的舞台邊陷入沉默，我感到有點緊張。

朝姬同學負責的時段結束了，她應該已經可以離開，卻仍然留在舞台邊。

下一個表演是管樂社的演奏。他們每年都會登上例行音樂會和文化祭的舞台，在舞台上的準備已很熟練，也不需要工作人員協助。

我們站在舞台邊的角落以免妨礙，什麼也不做地僅僅觀看著。

「對了，向你報告一聲。多虧你聽我訴說煩惱，我得以向媽媽恭喜她再婚了。我還沒好好地道過謝，所以讓我重新說一次。謝謝你。」

「那就恭喜了。」

「媽媽也要我問候你。」

「我什麼也沒做。」

「不。因為希墨同學那時候過來了，我才得以向前邁進。」

時刻到了。舞台布幕升起，管樂社的指揮經過我們身旁站上舞台。他向觀眾鞠躬，演奏開始了。

「……明天R-inks的現場表演，也拜託妳了。」

我將在舞台上，朝姬同學將在舞台邊，讓文化祭的最終演出熱烈上演。

「包在我身上。」

再也沒有什麼比這句話更可靠了。

◇◇◇

由於體育館成為文化祭主舞台會場，籃球社的邀請賽在第二體育館舉行。

我在主舞台那邊結束自己的負責時段後，終於抵達比賽會場。

當我到場時，比賽已進入第三節。

「希學長，在這邊！」

穿制服的紗夕發現了我，開口呼喚。

在環繞球場的臨時觀眾席上，夜華與小宮也和紗夕在一塊。

三人分別結束了自己的值班，換上了制服。

會場接近客滿，加油聲此起彼落，一片熱鬧。

我看向分數，永聖正以懸殊比數領先中。

我鑽過觀眾之間，總算抵達三人之處。

「辛苦了。你來得好晚。」

「嗯。」

七村做出投三分球的假動作，在對手起跳的瞬間一口氣運球切入籃下。他直接撞開上來阻攔的防守球員，強行灌籃。

堪稱七村劇場的大顯身手表現，令會場為之沸騰。

「哈哈，那傢伙真厲害。」

我只說得出這種平凡的感想。

足以令任何人驚訝的優秀體能與出色技巧，以及洋溢的幹勁。

在看比賽的途中，我默默地靠向夜華。

「希墨？」

「靠一下子而已。」

「大家都在看喔。」
「我們是情侶是公開的事實。」
「這都拜希墨的情侶宣言所賜。」
「妳不喜歡嗎？」
「我認為從結果來看是好的。沒有那個宣言，我應該不可能登上文化祭的舞台。我能夠成長，也是多虧了希墨。」
「就算稱讚我，我也沒辦法馬上給妳獎勵喔。」
「現在反倒是希墨在撒嬌呢。」
就算被取笑，我依然靠著夜華不動。
「看來只有白天的約會還不夠啊。」
接觸到夜華的體溫，類似睡意的感覺立刻湧上。
「瀨名你這傢伙！別邊看我的比賽邊打情罵俏！」
球場上的七村眼尖地注意到了，指向這邊大喊。視野真廣，我看他意外地也能打控球後衛，擔任指揮官吧？
「囉嗦～專心比賽吧。」我靠在夜華肩膀上回嘴。
「看吧，馬上被講了。」
「如果夜華嫌重，我會忍耐喔？」

「沒關係，就保持這樣。」

七村在球場上繼續大顯身手。

即使直接閉上眼睛，我也想像得到比賽的發展。

每當七村投籃命中，就響起歡呼聲。

邀請賽會是永聖高中籃球社拿下大勝吧。

有明星選手大展身手果然引人注目。

觀眾們希望天之驕子大展身手，而天之驕子會留下超越他們期待的結果。

身懷天賦又有幸擁有得以發揮的地方與環境是幸福的。

七村的籃球觀賞起來很有意思。

本人有許多運用優秀體能的大膽表現不用多說，又結合技巧充滿創造性地連連得分，令人驚異。

會場內不知第幾次響起盛大的歡呼聲。

是七村用他拿手的犀利切入切到了籃下吧。

他鑽進對方防守的空隙，從不合理的姿勢強行跳投。他不僅長得那麼高，還具有跳躍力，在起跳後的滯空時間也長，能像在空中行走般把球送到籃框。

不只如此，他還練出了從外線投三分球這項遠程武器。

阻止得了如今的七村的對手不可能輕易出現。

今天能看到比賽真好。

不，即使不看我也知道。

歡呼聲不絕於耳。

比賽結束的哨音響起。

會場為勝利而沸騰。觀眾們向上演激戰的選手們送上溫暖的掌聲。

我也感到飄飄然的。大概是非常高興吧。沉重的身體感覺突然變輕了。如果在明天的現場表演，也能品嘗到這種幸福感和成就感就太棒了。

當我將意識投向明天時，突然感到臉彷彿從柔軟的溜滑梯上掉了下來。感覺好舒服。這到底是什麼材質？非常不可思議。但是很幸福。

唉，在正式表演前就那麼鬆懈可是個問題。

我是陶醉於永聖的大勝中，覺得彷彿在作夢嗎？

對了——我是從什麼時候開始沒看比賽的來著？

「希墨，振作點！希墨！」

回過神時，夜華的臉龐近在眼前。

眼皮格外沉重，連張開眼睛都很費力。

真奇怪。我看得見體育館的天花板。平常明明應該在正上方的，為什麼。

「……咦，我枕在妳大腿上？」

景物在不知不覺間橫放下來，變得與地板平行，我的身體好像倒下了。

「吶，你怎麼了？希墨！」

頭頂傳來夜華泫然欲泣的聲音。怎麼了，發生了什麼事嗎？

許多人環繞在周邊，低頭看著我。

夜華拚命地呼喚我的名字。

我想要回答，卻沒法好好發出聲音。

視野在嘗試的過程中漸漸縮小，景物開始遠去。

糟糕。儘管這麼想，我沒辦法好好移動身體。

我的意識就此像斷電一般強制中斷。

第十話　甜甜圈孔的存在意義

希墨倒下了。

難以置信的變故，令我動搖不已。即使在大家的面前痛哭，我的心變得像斷了線的風箏般不穩定，無處可去。

然後，我像逃也似的走向美術準備室。

不知不覺間已經入夜，我走在白天的熱鬧徹底消失的走廊上。

我沒有開燈，憑藉從窗簾縫隙射進來的戶外光線在椅子上坐下。

這個房間什麼也沒變。

東西多到感覺擁擠，有種壓迫感。以前這對我來說很舒服。是可以遮擋視野，向外界藏起我的存在，只屬於我的祕密基地。

然而，現在我非常寂寞。

不知不覺間，成為兩人理所當然共度的地方。

我難以忍受突顯出他的不在的沉默與陰涼空氣，不由得打電話給姊姊。

「怎麼辦，姊姊。希墨他不好了……」

『──小夜，冷靜點。』

姊姊堅定不移的聲音從電話傳來，讓我稍微恢復冷靜。

『妳先慢慢地深呼吸。』

我依言做了幾次深呼吸。

『那麼，阿希發生了什麼事？』

「希墨昏倒，被送到醫院了。」

我說明希墨在體育館倒下後的經過。

幾乎在籃球賽結束的同時，他像睡著般失去意識。

希墨在神崎老師陪同下，被救護車送往附近的醫院。

我也想一起去，可是老師說『我知道妳很擔心，但之後的事情交給大人處理吧』，我和大家一起被留在學校。

我們直接被送回教室，由代課老師主持二年A班的導師時間，來到放學時間。

本來在文化祭第一天結束後，應該為明天的現場表演進行最後的彩排，但臨時中止了。

身為R-inks成員，應該商量明天的舞台要怎麼辦吧。

就算理智上明白，我卻沒有那種餘力。

我跟日向花說了一聲，暫時離開大家身邊。

我想要獨處。

我不在乎周遭，努力試著讓紛雜如亂麻的心稍微冷靜一點。

可是，我滿腦子都在擔心希墨，難以做到。

只有後悔湧上心頭。

我知道他很忙，雖然擔心，卻無法阻止他。

因為我不想打擾拚命努力練習的希墨。

明明那麼努力，他偏偏在正式表演前倒下了。

「都是、我的錯。」

『決定要做的人是阿希自己。他不可能會責怪妳吧。』

「那是因為希墨很溫柔。」

『那麼，妳只要一直依賴他就好了嗎？』

「————！」

我就像被一刀刺中般屏住呼吸。

我被說個正著，感覺腦海中浮現的每句話都只是藉口，只能自己陷入沉默。

『妳好像已經懂了。』

「嗯。」

『即使妳哭也不會改變狀況。哭出來會覺得好過的人只有妳而已。舒緩情緒也很重要，但妳還有能做的事吧。』

姊姊冷冷地推開我。

『之前有多依賴他，就要變得多堅強。夜華。』

姊姊不像平常一樣用暱稱叫我，而是呼喚我的名字夜華。

她把對妹妹的親愛分開，將我視為對等的存在說道。

「嗯。我們一路以來都為此而努力，我直到最後都不會放棄。」

我踢開軟弱的自己，再度燃起鬥志。

事情還在半途中。結局尚未確定。

『去做妳能做的事吧。即使並不完美，也要盡力做到最好。』

「姊姊，謝謝妳。」

『沒什麼。妳在煩惱時會找我商量，我也很高興。』

「姊姊果然很可靠。」

『……我也覺得終於挽回了過去的失敗。』

「姊姊也失敗過嗎？」

『當然失敗過很多次啊。只是我反省並轉換心情的速度很快。』

「好厲害～我都會在意而難以忘懷……」

『拖延許久的事情頂多只有兩件吧。而且一件已經解決了。』

「那最後一件呢？」

『這是祕密。別管我的事了，現在只專注在自己的事情上吧。』

與姊姊通完電話時，敲門聲正好響起。

「啊，果然在這裡。夜夜，妳還好嗎？」

日向花輕輕打開門走了進來。

「妳在找我嗎？」

「神崎老師剛剛來電了。」

「希墨怎麼樣了？」

我不禁從座位上站起來。

「他昏倒的原因好像是過度疲勞。他一直睡眠不足地在勉強自己。現在他正在打點滴靜養。聽說要住院一晚觀察情況。」

「住院……」

我們彼此都沒有再說什麼。

如果說出口，感覺希墨的文化祭就真的要結束了。

◇◇◇

「聽說小瀨名昏倒了？」

做完學生會長的工作後，花菱同學最後一個趕到。

文化祭首日在一片盛況中落幕，唯有這間教室裡的氣氛卻很沉重。

聚集在二年A班教室的有包含我在內的R-inks成員與支倉同學、七村同學，紗夕也擔心地趕來了。

我們有事情必須商量。

可是，對話卻進展不下去。

光是瀨名會的、大家的中心瀨名希墨不在，這個集會就會變得氣氛很僵嗎？我痛切地感受到。

瀨名希墨的缺席，突顯出他的存在之龐大。

「你動作真慢，花菱。」

七村同學聲調生硬，但欠缺平常的銳氣。

「抱歉。那麼，狀況如何？」

就連花菱同學臉上也失去笑容。

「他因為疲勞過度而住院了。只要充分休息，應該就能康復……但毫無希望趕上明天的正式表演了吧。」

因為誰也沒開口，支倉同學擔任代表，不情願地提及明天的可能性。即使她像在壓抑自己般抱起雙臂，也難掩煩躁。

「住院？那就不得不在小瀨名缺席的情況下進行現場表演了……」

花菱同學沒有摻雜情緒，說出客觀的結論。

感覺到現場的停滯，他按學生會長的風格試著推動討論。

「朝——文倉同學，主舞台的工作去掉小瀨名能夠運作嗎？」

「那方面希墨同學做了周全的準備，不要緊。我也會去輔助。七村同學，班級開店的情況如何？」

「本來第二天就有現場表演，少了瀨名一個人也沒有大問題。」

「總覺得像這種地方很有希學長的特色呢。」

每個人應該都同意紗夕率直的感想吧。

「那麼，看來除了對R-inks以外的地方影響不大。」

當花菱同學這麼總結，叶同學提出異議。

「為什麼要以阿瀨休息為前提談下去！阿瀨說不定只要睡上一晚，就會若無其事地恢復精神啊！」

叶同學一反常態地變得情緒化，叫停討論。

她依然以樂觀的態度保持積極，卻難掩動搖之色。

「未明。妳還要叫瀨名勉強自己嗎？」

七村同學冷冷地說。

「因為阿瀨他非常努力的練習了！然而卻沒辦法站上舞台，太令人悲傷了！」

「對這種事情，有坂、宮內還有花菱都抱著同樣的心情啊。瀨名是決定去做，就會做到的人。既然答應了，他就不會偷工減料。而這便是結果。他努力過頭了。」

「龍這個外人別插嘴！」

「沒錯，我是樂團的外人。所以我要說。讓瀨名休息吧。」

七村同學的發言是正確的。

「雖然是這樣沒錯，如果有坂同學傳訊息鼓勵他，他或許會因為情人的請求，再加把勁堅持住啊！」

戀愛的魔力連疲勞都能驅散。愛或許會創造奇蹟。

我無法再贊同這種樂觀的看法。

「不行。如果我這麼做，希墨會逞強跑來的。必須以他的身體狀況為最優先考慮。」

希墨倒下，令我打從心底感到恐懼。

我以前根本不知道，當心上人發生異狀時，自己的心會如此動搖。

「少了任何人，這個樂團便無法成立。我在R-inks感受到了至今所沒有的特別之物。我想在文化祭上展現五人的化學效應！」

叶對R-inks的感情比任何人都深，執著於五個人一起表演。

「未明。我深深明白妳的心情。我也想和小瀨名一起，五個人登上舞台。」

「就是說吧！」

「但是，這一次我和七村持相同意見。」

花菱同學以沉著的聲音告誡道。

「身為立志當醫生的人，我不能讓小瀨名勉強自己。這跟比平常來得沒精神那種程度不同，他已經昏倒了，累積的疲勞導致身體先關機了，他已經到了極限。」

聽著花菱同學的分析，我的心情變得更加消沉。

「都是因為我太依賴忙碌的希墨。文化祭執行委員會的工作明明很辛苦，他還是努力地練習電吉他。找他商量班上的事時，他也會不厭其煩地回答我。如果有讓他多休息……」

湧上心頭的罪惡感，讓我幾乎又要落淚。

事到如今說這種話很卑鄙。明明是因為我而搞砸的，掉眼淚是不對的。最不甘心的人是希墨。

「我也在個人的問題上，受到希墨同學很多幫助……」

支倉同學也歉疚地吐露。

「別說了，懺悔大會現在無濟於事。只是工作量超載的瀨名太過逞強，在正式表演前力氣放盡罷了。凡人就是這樣才討厭！」

「龍，這種說法太過分了！」

叶同學當真起來反駁。

「那麼，妳承認如果不是妳把他拉進樂團，就不會發生這種事嗎？讓原本就很忙的瀨名加重工作量的人正是未明吧。妳哪有資格說這種話。」

「唔——」

「我不問妳執著於瀨名的理由。但是，妳的任性會毀掉一切喔！」

七村同學像警告般忠告前女友叶同學。

彷彿被那股氣勢壓倒，叶同學一臉苦澀地把話嚥了回去。

「學長姊們，不要吵架！希學長他很在意這種事的。」

紗夕察覺劍拔弩張的走向，拚命試圖緩和氣氛。

大家的精神支柱希墨在正式表演前倒下的影響，比想像中還要嚴重。

由於大家的個性都很強烈，只是聚在一起未必就能整合。

我們之前有多依賴希墨呢。

這麼輕易就亂了步調。

當幕後功臣倒下，由他支撐的事物很可能會全盤崩潰。

「還有，有坂誤會了一件事。瀨名他是因為有妳在身邊，才能夠昏倒啊。」

「咦？」

「那傢伙是跟情人有坂緊靠在一起，才會放心地鬆懈下來。這證明有坂對瀨名來說很特別。所以，別太自責了。」

「沒錯沒錯。小瀨名即使抱怨很辛苦，但一句話也沒說過他不喜歡或是想退出。小瀨名是言出必行的人。」

聽到七村同學和花菱同學幫忙解釋，我的認知稍微改觀了。

這是我的壞習慣。一鑽牛角尖，我的思考容易立刻轉向負面方向。

「謝謝你們。」

兩名男生互看一眼，立刻轉開頭。

「那麼，要怎麼辦？既然阿瀨不在，要終止R-inks登台嗎？」

叶同學自暴自棄的說。

「文化祭缺少最終演出，是身為學生會長不容忽視的問題。為了讓大家在最後炒熱氣氛，學生的演奏是絕對必要的。」

「那你去拜託別的樂團啊。其他想出場的人多得是。」

叶同學依然低垂著眼眸。

「未明！妳身為團長怎麼能鬧彆扭！」

「七村學長，你太大聲了！女生會害怕的。」紗夕拚命安撫。

「——只由我們來表演吧。」

一直保持沉默的日向花第一次開口。

大家的視線都聚集到她身上。

「如果我們放棄登上舞台，墨墨才會後悔。為朋友著想的墨墨一定會很介意。可能會介意一輩子。我不想讓難得的高中二年級文化祭在悲傷的心情中結束。我討厭那樣。無論發生任何事，R-inks都必須登上舞台。The Show Must Go On！」

日向花以嬌小的身軀竭力呼籲。

「意思是說在最糟的情況下，即使阿瀨缺席也要表演嗎？」

團長叶同學確認道。

「當然了。而且，我看大家其實都在想著，說不定……對吧？如果發生了我們卻不在，那怎麼行？」

日向花像惡作劇的孩子般瞇起眼睛。

即使沒有清楚地說出來，每個人都察覺了那個可能。

那一句話，使現場的氣氛為之一變。

即使誰也沒有用語言表達，我想大家在心中一角都想相信那種可能性。

無論要相信還是放棄，尚未發生的未來總是等價的。

在來臨的那一瞬間前都不得而知。

期望昏倒住院的人，在隔天登上舞台，是靠不住的希望。

可能性非常低吧。

儘管如此，這足以讓希墨缺席的R-inks再度振作起來。

「未未，我們是R-inks。無論是什麼形式，墨墨明天都會和我們一起登上舞台。」

「這是什麼意思？」叶同學歪歪頭。

「——啊。」

我立刻理解日向花話中的意圖。

一察覺之後，我對自己的軟弱感到羞愧。

我和希墨無論何時都聯繫在一起。

這樣命名的，是我們自己。

「嗯。R-inks的團名取自墨墨的名字吧。還有聯繫的LINK。我們不管怎樣都和瀨名希墨聯繫在一起喔。」

聽到這番解釋，大家的眼中重新亮起了光芒。

冠上他名字的樂團。即使他本人不在場，光是那個名字就讓差點分崩離析的我們重新聯繫起來。

也許這只是文字遊戲，只是種迷信。

但就算是這樣也沒關係。

正如日向花所言，如果R-inks放棄出場，希墨會認為是他的責任。

我也不願意看到。

日向花撥起遮住臉蛋的瀏海，再次宣言。

「R-inks要登上主舞台！這就是我們能為墨墨做的事！如果來得及，就按預定計畫五個人一起表演！就這樣，決定！」

甚至不需確認。

我們全體意見一致。

「我只是以希墨同學搭檔的身分，讓文化祭的最終演出好好結束而已。」

「即使人不在這裡也能將大家統整起來，真是敵不過小瀨名。還是想找他加入學生會啊。」

「瀨名差不多該從過於低估自己畢業了。」

「身為魔鬼教官，我必須見證弟子的成長直到最後！」

「能有一個認可希學長有多厲害的地方，真是太好了。」

特別是紗夕，非常感動地濕了眼眶。

看來對於從國中就認識希墨的她來說，這個地方對於瀨名希墨的接納方式就是那麼值得感動。

「七七和紗夕，明天也可以幫忙嗎？」

被指名的兩人，不可能拒絕日向花的請求。

風波動蕩的文化祭首日就這樣結束了。

而我仍在面臨考驗。

文化祭，第二天。

早上的導師時間，神崎老師點名。

教室裡不見希墨的蹤影。

老師宣布聯絡事項，並補充道：「昨天有學生昏倒了。覺得身體不舒服的同學請不要勉強，好好休息。請直到最後都要小心別發生意外或受傷。」

「有坂同學、支倉同學、宮內同學、七村同學。過來這邊。」

導師時間後，只有我們四人被神崎老師找過去。

「向你們報告一聲。今天早上，瀨名同學的家人聯絡了我。」

「希墨他怎麼樣了？」

面對著急的我，神崎老師一如往常沉靜地回答。

「他的情況很穩定，但從昨晚開始一直在沉睡。今天將直接請假。」

「老師為什麼只叫我們過來呢？」

文倉同學問。

「正因為你們感情很好，這是為了避免他逞強。聽好了，千萬別做出試圖帶他離開病房的舉動。關於現場表演一事真的很遺憾，但他的身體狀況是最優先的。」

神崎老師白皙的臉龐浮現憂慮之色。

她悲傷地垂下眼眸，但還是清楚地告訴我們。

「瀨名同學的文化祭已經結束了。」

茶樓咖啡廳今天也一片盛況。

進入第二天，大家都熟悉了各自的工作，進行得很順利。

七村同學以比平常更開朗的態度指示著全班。

沒有任何問題。

校內充滿了文化祭的熱鬧氣氛。

只有希墨不在，與昨天沒有任何不同。

然而，我卻像是來到了另一個地方，今天感覺非常空虛。

「有坂同學，妳可以休息了。請出發吧。」

我依言離開了教室。

我穿著昨天向希墨借來的運動外套，漫無目的地在校內行走。
往窗外望去，許多遊客來來往往。
明明聚集了這麼多人，為什麼只有他不在？
他還在睡嗎？
如果他睡過頭了，我來叫醒他吧。我差點按下手機上顯示的他的名字。從昨晚開始，我就重複著這個動作。我也一直忍耐著沒趕去醫院。
即使經過一夜，我仍然夾在希望他休息與希望他過來的心情之間左右為難。
「希墨。」
即使呼喚名字，這裡也沒有人會回答。

◇◇◇

意識宛如從深海浮起般緩緩地覺醒。
然後，經過宛如在淺水中漂浮的漫長思考空白後，五感恢復了功能。
消毒水的氣味、乾淨床單的觸感、口渴。
當模糊的視野變得清晰，我發現我看著陌生的天花板。
「……這裡是、醫院？」

圍住床鋪的簾幕彼端有人的氣息。我轉頭看到床鋪周圍的設備，最重要的是我的手臂上扎著點滴，判斷這裡不是保健室。

纏繞在身上的睡意，讓周遭的聲音依然遙遠。

因為外面的光線透過窗戶射進來，我知道是現在是白天。

白天？

不可思議的是，天已經亮了。

我還記得我坐在夜華旁邊，觀看籃球比賽。

當時是傍晚。然後發生了什麼事？

我的記憶完全消失了。原本應該人在學校的我，為什麼會卻躺在醫院而不是家中的床上？而且我也不記得自己有離開學校。

這時候，我的腦中終於想到了現場表演。

「現在幾點了？」

與急切的心情相反，身體反應遲鈍。光是這樣就讓我在一定程度上察覺自己的狀態。

我伸手在枕邊摸索，抓住自己插著充電器的手機。

我查看日期和時間。距離現場表演剩下不到一小時。

「……結束了。」

這句話坦率地說出口，連我自己都感到驚訝。

我好像在看比賽時昏倒了。
而且是當著夜華面前。
糟糕透頂。
居然害得情人擔心，豈有此理。
偏偏在正式表演前倒下，我對自己的不走運很火大。
然而，實際上即使想發火，我甚至連生氣的力氣都沒有。
身體狀況比昨天來得好，但身體仍然很沉重。距離完全恢復還差得遠。
我現在別說跳起來，就連要從床上起身都很吃力。
我的手機收到了大量訊息和來電記錄。
累積了數量這麼多的訊息都沒被吵醒，自己的疲憊程度令我戰慄。
然而，訊息明明這麼多，卻唯獨沒有有坂夜華的名字。
「——真是的，妳的心聲很明顯啊。夜華。」
我看得出夜華在想什麼。
她一定是認為，如果隨便傳訊息過來，我就會勉強自己吧。
終於開始運轉的腦袋，掌握了自己的狀態。
好累。
說真的，我實在很累。

我想直接再次閉上眼睛，盡情睡個夠。

扎在手臂上的點滴管像沉重的鎖鏈般，封鎖住我的行動。

已經夠了不是嗎？

我盡力做好能做到的事了。

昨天，茶樓咖啡廳一片盛況。文化祭主舞台也多虧我準備的指南，進行得很順利。

R-inks裡本來就只有我是累贅。少了我，他們四人反倒會能做得很好吧。

不能登上正式表演的舞台很可惜，但在這裡結束吧。

我認為我做得很好。該滿足了。再繼續下去只會當眾出醜。就算勉強參加現場表演，我一定會因為彈得軟弱無力的電吉他被觀眾嘲笑。當作最終演出實在太寒酸了。

放棄的理由很齊全。

無可奈何。

這裡是凡人瀨名希墨的極限。

我拚命這麼試圖說服自己。

然而，我的心無論如何都無法接受。

「……這種結局，怎麼可能好啊。」

當我發現時，淚水已溢出眼眶。

我不要。不管做了多少準備，不挑戰正式表演都沒有意義可言。

「決定結束的人是我。不是別人！」
有坂夜華說過。想變得強大。
支倉朝姬決定。承認現實的變化。
宮內日向花選擇。出於自身的意志站上舞台。
七村龍回應。連同我的份一起在籃球上努力。
幸波紗夕前進。邁出了新的一步。
叶未明貫徹。徹底地去做自己想做的事。
花菱清虎表露。將受傷的心情當成武器。
我覺得大家都非常厲害。
我擅自拿他們與自己相比較，感到自卑。
我無意懷疑我從他們身上感受到的信任和親近。
我受到了那些情誼幫助，受到了拯救。
正因為如此，我也要誠實。
光是受到認可還不夠。
我想對我感到自豪。
我想以自身的成果與大家並肩。
我想更有自信。而且不想畏縮。

我討厭用什麼平凡、普通、樣樣通樣樣鬆來逃避的自己。

我無法滿足於只是配合他人，當幕後功臣的自己。

我絕對不肯就此平凡下去，放棄可能性。

——我想證明名為瀨名希墨的存在就在此處。

連結果都不重要了。

這跟責任感或義務感不同。

這是男人的志氣，以及慾望。

既然已努力到這一步，我想衝到最後。

我想自己演奏。

只是如此。

所以，我試著再度站起身。

我一手繞過去，強行拔起點滴針。那股疼痛正好用來提神醒腦。

「——好痛！」

血液循環終於順暢起來，四肢的感覺也沒有問題。雖然疲勞尚未恢復，我還動得了。

「希墨在睡覺！不可以進去！謝絕會面！」

有人話語笨拙地阻擋著什麼人。這是映的聲音。

當我直接坐起上半身時，簾幕拉開了。

「嗨，你臉色還真差啊。」

「希學長？你起來沒關係嗎？」

站在那裡的人，是穿著制服的七村和紗夕。

「你們怎麼來了？」

「來探病啊。你沒看到我的許多精彩進球，在那邊躺在有坂大腿上。」

「有什麼關係，那是擁有情人才有的特權。」

「喔～有力氣開玩笑啊？瀨名，身體狀況如何？」

七村直接地問。

「坦白說糟透了。身體好像不是自己的一樣。感覺我能直接一路睡到明天早上。」

「到舞台上大鬧一場再痛快地睡覺也不遲喔。」

「……希學長，你是認真的嗎？」

看到紗夕的表情，我看起來是什麼樣子顯而易見。

「幸波，現在可以替瀨名換衣服換個過癮喔。」

「七村學長！請別連這種時候都調侃人！如果做出那種事被夜學姊知道，會沒命的！」

「我的制服……可惡，在學校嗎？七村，我的電吉他呢？」

「在學校。準備會由未明處理。剩下缺的只有你而已。」

「那麼，走吧。」

因為我是昏倒中被送來醫院的，行李應該都留在學校了。唉，直接穿著病人服站在舞台，也很像搖滾明星就是了。

既然沒有時間，只能直接前往學校。

「不許去！」

是映擋住了我們的去路。

憤怒的妹妹張開雙臂，不讓我們通過。

「繼續睡吧！希墨一碰到夜華的事情就好奇怪！變得不正常！」

妹妹那從未聽過的強硬語氣令我吃了一驚。

那不是她平常的任性舉動，是純粹因為關心我而制止。

「映。」

「我知道你喜歡夜華。可是，現在不行。」

映沒有平常的無憂無慮，露出快要哭泣的表情擔心著我。

「不只這樣而已。」

我將手放在妹妹頭上。

「映。妳說過想看我的現場表演吧？」

「比起現場表演，看到希墨恢復精神更好。」

「謝謝。不過，哥哥想展現努力的一面給妳看。」

「妳瞧，和媽媽所說的一樣吧。」

我母親從後面出現，神情彷彿看穿了一切。

「媽媽。咦，妳今天不是有工作……？」

「寶貝兒子昏倒了，工作當然得往後延吧！你還沒睡醒嗎？要換衣服的話，制服放在那邊的置物櫃裡。神崎老師幫你一起帶來了。」

紗夕立刻打開在床邊的置物櫃，裡面放著一套制服。

「媽媽，對不起，害妳擔心。」

我趁現在道歉。

同時也為了接下來的亂來行動道歉。

「每天像那樣練習電吉他直到深夜，作母親的自然會察覺你可能會累倒。還有，如果你能自行醒來，應該會去表演。」

「父母一般來說不是會阻止嗎？」

「為了那麼可愛的情人，當然會忍不住努力吧。」

「——我家爸媽也半斤八兩啊。」

我很感謝支持兒子亂來行動的母親。

「說什麼傻話。我知道我兒子只要認真起來，就能作出相當好的成果。哥哥考上在家附近的永聖高中，映也非常高興喔。」

鬧彆扭的映躲到媽媽背後。

「小映，我們約好了吧。一起去看希學長的舞台吧。」

紗夕彎下腰，向映開口。

「希墨，你真的不要緊了嗎？」

「映。哥哥對妳撒過謊嗎？」

「沒有。」

「那就跟我們一起來吧。」

「嗯！」

將後面的事情交給媽媽，換好衣服的我匆匆離開病房。

當我們四人走出醫院，一輛汽車按了喇叭。

「阿希，這邊！」

從駕駛座探出頭的人，是有坂亞里亞。

「亞里亞小姐？為什麼？」

「好了，大家快上車！我送你們去學校！」

七村扛著我叫我保留體力，直接把我扔進亞里亞小姐的車裡。映和紗夕坐到我的兩邊。

七村也鑽進副駕駛座，確認所有人都繫上安全帶後，車子立刻開了出去。
「今天不是搭計程車呢。亞里亞小姐。」
「既然阿希遇到危機，我當然會助你一臂之力啊。因為你是特別的。」
「亞里亞小姐看起來不像魔王，當真像個女神。」
我對於在最佳時機出現的亞里亞小姐只有感謝。
「到現在才發現，阿希真的很遲鈍呢～」
「亞里亞小姐真的是我的恩人。謝謝妳。」
當我道謝時，後照鏡裡的亞里亞小姐表情看來有些悲傷。
「希學長，請補充一點能量。」紗夕從自己的書包裡拿出我愛喝的果凍飲料。
我壓扁果凍飲料鋁箔包，將果凍灌進體內。沒問題，握力也使得出來。
「我當這麼多年希學長的學妹可不是白當的。」
「不愧是紗夕，真懂我。」
我的心情變好，胃口也漸漸復甦。
映也覺得好玩而模仿著，把巧克力丟進我嘴裡。
往空空的肚子填進吃得下的東西，再補充水分後，我感覺好了一點。
七村在副駕駛座上打電話。
『我們接到瀨名，正搭車去學校。咦，有坂的姊姊來了！總之，我們會盡快送他過去，你們那邊幫他爭取時間準備吧。』

從電話內容聽來，好像沒剩多少時間了。

「阿希，伸展手指，讓手指能夠活動。」

我聽從亞里亞小姐的建議，揉搓雙手讓手暖和起來。

沒多久之後，永聖高中的校舍出現在前方。

正門前設有豪華的文化祭入場大門，車輛無法進入。

由於也無法停車，車子在正門前方臨停。

「小映和我一起在觀眾席看現場表演吧？」

亞里亞小姐要準備跟著我們下車的映留下來。

「可是我擔心希墨！」

「沒關係，有大家在，不要緊。而且在觀眾席看到阿希大顯身手更有趣喔。」

「我知道了。」映乾脆地聽從了亞里亞小姐的話。

「希墨，加油，我支持你！」

「亞里亞小姐。映就拜託妳了。」

映露出已經在期待正式表演的表情，揮了揮手。

「我很熟悉怎麼對待妹妹，交給我吧。」

「直到不久之前，妳明明還一直在煩惱的。」

「你還有氣力這樣鬥嘴，看來是沒問題呢。」

「謝謝妳，亞里亞小姐。最後可以再拜託妳一件事嗎？」

我把頭靠近駕駛座，悄悄地告訴亞里亞小姐。

「唉，這應該只有我做得到吧。了解，交給我吧。」

在目前的狀態下，就算亞里亞小姐美麗的臉龐近在咫尺，我也沒有餘力緊張。

「真的，光是有亞里亞小姐在，我就覺得大部分的事情都能解決。」

我打從心底覺得，只要有這個人在，任何事都會變得順利。

「——那麼，這是我最後的招待。」

亞里亞小姐的嘴唇有短短一瞬間觸及我的臉頰。

「好，鼓起幹勁了吧。」

在我反應過來之前，有一點時間延遲。

我慌忙離開駕駛座。

嗯？我剛剛被親了嗎？

「咦、咦咦？」

是錯覺嗎？那是什麼？是我誤會了嗎？

「好了，快去吧！演奏加油！」

不顧我的動搖，亞里亞小姐以笑容為我送行。

「瀨名！還沒好嗎！」「希學長，快一點！」

受到兩人的催促，我拋開這件事走向學校。

「……夜華的姊姊也喜歡希墨嗎？」

只有坐在車上的映，目擊了亞里亞的親吻。

「嗯。」

「他是夜華的情人喔？」

「你的哥哥，其實很帥氣對吧。」

「妳不會和夜華吵架嗎？」

「因為我已經輸過一次了。」

「所以，剛才的事情是只屬於我們的祕密喔。」

亞里亞小姐靜靜地擦拭臉頰。

「我會特別保密喔。」

「謝謝妳，小映。」

第十一話 ○

「墨墨正往這邊過來！夜夜的姊姊開車去接他了！」

掛斷七村同學打來的電話後，日向花興奮地告訴大家。

正在舞台邊等待下一個上場的R-inks成員們沸騰起來。

「姊姊帶希墨過來了啊。」

「咦，不是夜夜拜託的嗎？」

我的反應反倒讓日向花感到困惑。

「啊，可是就算阿瀨要來，馬上就要輪到我們了！」

前一個樂團已經演奏到最後一首曲子。

包含我在內的四個人，隨時都會站上舞台。

叶同學還準備了電吉他音源的錄音檔，以便在最糟糕的情況下，只有四人也可以表演。

看來錄音檔是幸運地用不到了。

但是，即使上一首樂曲結束，把直到舞台轉換前一刻的時間都用掉，我想R-inks也很難五人到齊地登場。

在抵達的希墨準備完畢前，最少還要再拖延一首歌的時間。

「支倉同學，時間還剩多久？」

「到這裡為止的節目都進行得相當順利，所以還有足夠的空檔。最糟的情況下刪掉主持環節，應該能按照預定演奏三首歌曲，但在希墨過來之前，你們打算怎麼撐時間？」

「那麼，我們來彈奏曲子爭取時間。」

我自然地說出這樣的話。

「夜夜，妳是認真的嗎？」

日向花的眼神很擔心。

對於他人的目光感到緊張的人，突然說出魯莽的提議。

就算不是這樣，我之前也是藉由注視希墨勉強支撐過來的。

現在希墨明明不在，沒問題嗎？叶同學與花菱同學也有類似的反應。

「希墨會來。R-inks會按照預定，以五人進行現場表演。所以陪我暖場吧。」

我看著叶同學與花菱同學。

「若是鍵盤、貝斯和鼓——不，若是我們就做得到。」

「妳認為我會拒絕嗎？」

「正合我意！情緒嗨起來了！」

兩人都同意了。

「夜夜，我也來參加！」

「日向花和希墨一起出場吧。R-inks的主唱得保留到最後才行。」

「我知道了。嗯，這麼做更有演出效果，可以襯托出落差感。」

「啊，不過要彈什麼曲子？我們只練了三首曲子耶。」

儘管是在正式表演前夕的變更，花菱同學與叶同學都面帶笑容。

「像叶同學選中我時那樣做不就行了嗎？」

「——即興演奏會嗎！以這個三人編組，彈爵士風的曲子也不錯。」

叶同學看來非常歡迎即興表演，顯得躍躍欲試。

「哎呀，那樣我會很辛苦呢。」

「你很擅長討不感興趣的女生歡心吧，『花菱同學』。」

支倉同學向學生會長送去秋波。

「既然是『朝姬』的請求，我可說不出NO啊。」

花菱同學笑得臉皺成一團。他看起來很開心。

「計畫決定好了嗎？」

我回答支倉同學的問題。

「以我們三人的演奏會來銜接。等希墨準備好就發出信號，我們會立刻結束演奏，在他們兩人加入後表演本來的曲目。」

「有坂同學，如果希墨同學以毫釐之差趕不上呢？」
身為現場負責人的支倉同學像在提醒般問起最糟的狀況。
「「「「那絕不會發生！」」」」
就像是先商量好一樣，R-inks的四人說出同樣的回答。
「我也這麼認為。」
支倉同學也不再多說什麼。
「要怎麼做，三個人一起上場嗎？」
叶同學確認。
「難得有機會，來吊會場的胃口吧。」花菱同學提出點子。
「我們依序逐一現身獨奏，下一個人看時機加入合奏。我打鼓、未明彈貝斯、有坂同學彈電子琴。曲子即興彈奏。這樣可以嗎？」
叶和我點點頭。花菱把照明等要求告訴了支倉同學。
支倉同學立即用對講機發出指令。
「所有人聽我說。舞台演出有變動！不好意思，從現在開始，請大家一起準備臨陣上場的一次決勝負，做好覺悟吧。千萬別漏聽指示，用無聊的錯誤給最後的最終演出潑冷水！在這之後——」
上一個樂團的樂曲結束。

我們的緊張感達到了最高峰。
正式表演終於來臨，我卻連自己也都感到意外地冷靜。
等待主人歸來的電吉他靜靜地放在架子上。
「好，R-inks。走吧。」
聽到叶同學興奮的聲音，我也往前走。
「交給你們三個了。我們一定會兩個人一起趕上你們！」
日向花的聲音激勵了我。
舞台上的燈光熄滅，體育館被黑暗所包圍。
四周突然轉暗令整個會場一陣騷動。
感覺就像划向黑暗的大海。雖然可怕，但我並不討厭這種心跳加速的感覺。
「那麼，我先上了。」
花菱同學帶頭走上舞台。
聚光燈同時照出他的身影。
現場響起幾道女生的歡呼尖叫。他面帶笑容揮手回應，坐在鼓組後方。
接著以富有男子氣概的強勁鼓聲打破沉默。喔喔～會場傳來驚呼。
「我也去嘍。」
接下來，叶同學出現在舞台上。

輕音樂社的眾人和為她來看表演的人們發出充滿期待的歡呼。

這一次，聚光燈只傾注在她一人身上。

鼓聲在後方輕輕地打著節奏，叶同學的貝斯狂飆起來。彷彿要搖撼整個會場，她用高速的手指動作奏響重低音。那超凡的技巧壓倒了所有人。

貝斯和鼓的節奏隊宛如在爭奪最初的主導權般，演奏得越發激烈。沉重、低沉、激烈，音色與音色相互碰撞。

簡直像重量級拳擊手在互毆。

會場氣氛逐漸升溫，看得出大家很期待下一個出場的人會是誰。

「有坂同學，妳為什麼不聯絡希墨同學呢？」

支倉同學並肩站到我身旁。

「如果我聯絡他，他真的會勉強自己也要過來。」

「那樣明明更好呀？」

「如果做不到，那也沒關係。如果他很難受，絕對應該休息，我也認為非得這麼做不可。我希望最後由希墨來選擇。我只要在希墨要登場的舞台上等待他就行了。所以，我絕對無法容許沒有準備好那個舞台。」

我現在該做的事不是哭泣、鬧彆扭、鬱悶。

為了回報一直支持我的希墨，我必須先站在舞台上。

即使他不會來那裡也一樣。

「——和我正好相反嗎？聽妳說到這個份上，我的確敵不過妳呢。雖然契合度不差，果然是時機的關係嗎……」

支倉同學用清爽的聲調說道。

「妳在說什麼？」

我不禁看向身旁。

「我想起了四月的事情。在我向希墨同學告白的時候，妳不是突然出現來礙事嗎？」

支倉同學毫無顧慮地突然吐露真心話。

「那時我們正要和好，而妳企圖出手。」

「嗯。結果特別就是這麼回事。只要呼喚他就會趕來的希墨同學是非常溫柔的男生。不過，即使不呼喚他也會趕來，或許才是真正的愛。能夠相信這一點的有坂同學也是。」

「妳太愛作夢了。」

「我是女生嘛。在戀愛上作作夢有什麼不好。」

支倉同學眼中微微浮現淚光，輕輕咬著下唇。

從舞台溢出的光，照得淚水像寶石般閃爍光芒。

啊，這麼可愛又聰明體貼的女孩，任何人都會喜歡上她吧。

應該有很多人想博得她的好感，溫柔地對待她。

相反的，如果被這麼有魅力的女孩追求，肯定會輕易地對她著迷。
如果被支倉朝姬告白，大多數男生當然都會答應。
但是，我的情人拒絕了他。
「嗯。的確，我談戀愛後，也像被施了魔法般變得強大了。」
在集訓剛結束時，希墨接到支倉同學的電話衝了出去。
要說真心話，我的感覺絕不算愉快。
逞強與強大是不同的。
至少，那一瞬間的我還無法完全接受。
溫柔是希墨的魅力。我本身也無疑是被那一點所吸引。
我之前想獨占那份溫柔，才會痛苦。
因為我就是那樣與他墜入愛河的。
不管我多麼冷淡地趕他走，他都會若無其事地來到只有我在的美術準備室。在我不高興而導致畫作從櫃子上掉下來時，他也挺身保護了我。當時我驚慌失措，說了許多就算惹人厭也不奇怪的話，希墨還是守規矩地來收拾散落的畫作。一開始我認為那不是身為班長的義務感，就是別有用心，無論是哪一種都令人厭煩。
然而，他絲毫沒有這種盤算，堅持不懈地與自覺有溝通障礙的我交談。
他大概不太正常。

我曾懷疑他是很奇怪的怪人，才會想和那麼不親切、冷漠又嚴苛的我每天說話。

我發現自己在不知不覺間理所當然地接受他進門，會招待他咖啡與點心，享受這段只屬於兩人的時光。

去年文化祭期間，他忙得沒空來美術準備室，我自覺到獨處的時間非常無聊和寂寞。

當他相隔許久後再來露面時，我高興得跳了起來。

在對自己的反應產生自覺，就再也停不下來了。

這一次變成難以控制感情。

我並不知道，只是見不到他，短短的寒假感覺竟會變得如此漫長。

真想快點去學校～我人生中第一次有這種想法。

情人節時，我不合風格地送了他巧克力。

在白色情人節收到他回禮的餅乾，我捨不得馬上吃掉。

第三學期接近尾聲時，我煩惱著在二年級換班後，或許就沒機會和他說話了。

結業典禮結束後，我直接向神崎先生表明『如果不讓我們同班，我就退學』。

總之，有坂夜華也打從心底喜歡瀨名希墨。

所以，當希墨在櫻花樹下向我告白時，我還以為是作夢。

同樣地，我一直害怕他的溫柔會延伸為愛情，如果和我以外的人兩情相悅該怎麼辦。

只是，那是我出於獨占慾和嫉妒產生的誤解。

他的溫柔是一種用來體貼他人的心情，不輸給任何人的才能。

而且他能不計得失，對誰都發揮這種特質，是很了不起的人。

同時，希墨的溫柔和愛情是兩回事。

瀨名希墨的心意永遠只投向有坂夜華。

這份愛情從一開始就只屬於我。

絕不會動搖。

現在我能這樣相信。

像四月軟弱的我差點衝動地分手時，為了讓兩人再度結合而趕到一樣，希墨也會來到這裡。

舞台在呼喚我。

「我就走到這裡為止。接下來，有坂同學，加油。」

在支倉同學的聲音支持下，我先一步站上舞台。

呼喚我名字的聲音傳來。那是二年A班的大家。今天茶樓咖啡廳也順利結束，他們來看表演了。純粹的打氣聲令人高興。

只照射我一人的聚光燈很刺眼。

雖然光芒之外昏暗得看不清楚，我以肌膚感受到投注過來的許多目光。

以前這一切都令我恐懼與不快。

不，這一點本身到現在也沒變。

只是，我現在能夠無視到覺得無關緊要的程度。

只要想著希墨就行了，真的是這樣。

我只要為了他而彈奏就夠了。

只要只想著他，勇氣就湧上心頭。

不管別人怎麼想怎麼說，既然他喜歡著我，我就能當我自己。

即使他不在這個地方，我無論在哪裡都能思念著他。

只要用瀨名希墨填滿整個腦海就行了，這個解決方法實在太滿腦子戀愛了。

我自己也覺得，飄飄然也該有個限度。

不過，我這樣就好。這樣才好。

——戀愛中的女人是無敵的！

我在心中這麼大喊，敲響電子琴。

手指像獲得解放般滑過鍵盤。我樂在其中到連自己都嚇了一跳。節奏自然加快，音色跳動起來。

宛如歌唱般、宛如舞蹈般，隨心所欲。

當電子琴獨奏結束時，觀眾席報以意想不到的歡呼。

敲打節奏的團員們忠實地跟隨我像女王一樣任性的演奏。

兩人雖然吃驚，但巧妙地配合了我。

拜大量練習所賜，我們了解彼此的習慣和偏好，能夠將音色舒服地重合起來。

我們的三重奏，像在呼喚剩下兩人一般逐漸高漲。

「來，電吉他手送到了！」「久等了！」

當我們三人衝進舞台邊，朝姬同學和小宮等著我們。

「你可以嗎？」

一看到我的臉龐，朝姬同學直接問道。

「當然。我是為此而來的。」

「放心。現在去掉主持環節可以演奏所有曲目。正如希墨同學所安排的行程一樣。」

「不停全力衝刺直到最後嗎？真令人陶醉～」

我開著玩笑，試圖驅逐心中的膽怯。

「還有一分鐘。拿出主唱與電吉他手要登場的大字報。」朝姬同學以對講機指示位於舞台下的學生。

「謝謝妳，朝姬同學。」

「這次我才剛被希墨同學幫助過。也給我一點活躍的機會吧。」

「有最棒的搭檔，再也沒有什麼比這更安心可靠了。」

朝姬同學生澀地笑了。

我注視著舞台。

從舞台傳來的音樂給予我勇氣。

夜華、叶、花菱在那邊等著我們。

我也想趕快站到那道光芒下。

幸好我連逞強的力氣都沒有了，得以不必緊張。

「墨墨，電吉他給你。」

我接下小宮拿來的電吉他。背帶沉甸甸地陷入肩頭，電吉他感覺比平常來得重。

「七村、紗夕，謝謝你們送我到這裡。」

「上台豁出去吧。我會幫你收屍的。」

「都來到了這裡，請大展身手吧！」

兩人的鼓勵，讓我自然地露出笑容。

「小宮，在最後的最後害妳擔心了。」

小宮搖搖頭。

「墨墨，別說這種話。R-inks在正式表演時確實地全員到齊了。只要能享受到最後，那樣就行了。所以，我們走吧！」

在舞台上，三人的三重奏結束了。

能夠以即興演奏讓人聆聽這麼久，真了不起。

當會場沉浸在餘韻之中，小宮和我也在舞台上現身。

「抱歉，久等了。」

我和每個人一瞬間目光交會。

小宮站到放在舞台中央的麥克風前。

我也就自己的定位，準備電吉他。

此時，夜華從電子琴前走向我。

「我在舞台邊聽到演奏嘍。妳一點也不緊張嘛。妳變強了，夜華。」

「希墨看起來很累呢。」

夜華這麼說著，緩緩朝我的脖子伸出手。

「妳要吻我嗎？」

「你沒有打領帶。在答應告白時，我應該說過我討厭邋遢的人。」

夜華用熟練的動作替我打起垂掛在脖子上的領帶。

她打得比平常鬆很多，領結的位置也調低了。她關心我的身體狀況，在不使我難受的前提下維持最低限度的體面。

「謝謝妳，夜華。」

自然的體貼打動了我。我覺得這份細心正是夜華的特色。

「要我幫你重打幾次都行。我是你的女朋友……」

那句台詞讓我回想起得到夜華對於我告白的答覆，在高中二年級的第一天。

「希墨，你過來──」

「我還只是來了而已。等一切結束後再說給我聽吧。」

我刻意地揚起嘴角，咧開大大的笑容面對夜華。

「嗯，我知道了。」

夜華回到電子琴前。

我也以眼神示意我準備好了。

R-inks的五人終於到齊。

小宮握住麥克風。

「今年的永聖高中文化祭也終於來到最終演出！大家high起來吧！」

客滿的觀眾席用海嘯般的聲援作為回應。

「久等了，我們的樂團名叫R-inks！請將和我們聯繫的最後時光，當作最棒的回憶！」

隨著打鼓聲的倒數，樂曲開始奏起。

當瀨名希墨出現在舞台上的瞬間，神崎紫鶴臉色大變。

即使遠遠望去，他也明顯狀態不佳。

「傻孩子！」

在體育館一角觀看的紫鶴立刻準備前往舞台邊。

「好，紫鶴停下來。我不會讓妳妨礙現場表演。」

「亞里亞，還有瀨名同學的妹妹也在。是妳把他帶出來的嗎？」

「抱歉，紫鶴。這是可愛學生的心願，我忍不住想支持他。」

「請別做不負責任的事。他昏倒了啊。」

因為有映在場，而且現場正在表演中，紫鶴也難以發怒。

在巨響之中，映很快就專注在舞台的希墨等人身上，沒有發現她們的爭執。

「即使無法負責，但我能相信他。」

「亞里亞！」

紫鶴臉上浮現前所未有的怒氣，瞪著亞里亞。

兩個人壓低音量爭吵。

「妳保護過度了，紫鶴。」

「身為老師，阻止學生亂來是當然的。」

「是紫鶴個人才對吧？」

「我沒空理會妳，請讓開。」

「別擔心，那些孩子會成功的。」

「請別像這樣以為所有事都會順利地按照妳的方便進行。」

亞里亞拉住了試圖無視她的紫鶴的手。

「吶，紫鶴。我們是以老師和學生的身分相遇，但現在是朋友對吧。」

「……怎麼突然提這個？」

「回答我。」

「我喜歡妳這個人，認為在妳畢業後我們就是對等的關係。雖然我現在非常生氣。」

「那麼，我要炫耀嘍。我比紫鶴更先教導過阿希。」

「什麼？」

「阿希他性格溫柔，不擅長競爭，但只要讓他去做，他就能做到。他現在是時候捨棄認為自己平凡的斷定，擁有自信了。所以，紫鶴。什麼也別插手，關注阿希羽化的瞬間吧。」

「為什麼妳這麼寵他？」

「原因大概和紫鶴一樣吧。」

「我不明白妳的意思。」

「是嗎？看到心上人在努力，就會想支持他吧。」

「…………亞里亞。」

即使鬆開手，紫鶴也停下腳步沒有移動。

在舞台上，他精彩地演奏著電吉他。

「阿希——不，希墨。加油。」

亞里亞流著淚注視舞台。

啊～真的快死了。

重力好煩。光是站著就很費力。

——不過，我想表演到最後。

電吉他比起平常來得沉重。真想馬上拋開並躺下來。

——不過，我正彈出至今不曾有過的最佳表現。

聚光燈好刺眼。我已經想閉上眼睛。

——不過，我想看著會場內的情景與R-inks演奏的模樣。

音量好大。光是聽著就感到疲憊。

——不過，我想沉溺在只有這個剎那才能體驗到的音樂中。

我努力到連自己都驚訝的地步。

明明身體早已在叫苦，心情卻遠比站上舞台前更輕快。

明明應該已超出極限，卻輕鬆得像先前的倦怠感都是假的一樣。

如果用正常的道理及常識下判斷，我應該馬上終止表演吧。

誰管那些。

現在的我，順著我的想法將感情投注在音樂中釋放。

不管聽起來音色有多拙劣，對我來說都是最棒的演奏。

自我陶醉也該有個限度。

說不定觀眾們覺得正在被迫聽噪音。

不過，我無比自由。

叶說過的『將衝動直接化為音樂』，正是指現在的狀態吧。

沉浸在音樂中，只有自身和音樂的不可思議感覺。

然而，我感受到我發出的東西和大家的音樂融合，與會場的氣氛摻雜在一起，逐漸昇華為特別的事物。

不同樂器演奏的聲音精彩地吻合、交織、融合在一起，逐漸化為一首歌曲。

彼此發出的音色有機地相呼應，創造出強大的感染力。
有一種超越技術和邏輯的律動，帶來新的和諧。
多麼如夢似幻的時光。
我們R-inks正透過音樂確實聯繫在一起。
真想永遠沉浸在這種化學效應中。
哪怕只是一時的幻覺，只要有這一瞬間就能滿足。
至高無上的心境。
即時創作音樂的快樂。
沐浴在矚目下的亢奮感。
最重要的是，能夠比前排觀眾席更近距離地聽到大家現場演奏的興奮。
見證特別時刻誕生的喜悅，讓我的心為之顫抖。
啊啊，糟糕。類似腦內啡的物質大概正在噴湧吧。
我真的快失常了。
我感覺到自己愈來愈麻痺。
明明疲累卻很開心。
巨響很悅耳。會場的熱烈氣氛令人喜愛。歡呼聲好舒服。
更加叫嚷吧。更加呼喊吧。更加歡喜吧。

終於到了最後一首曲子。

沒有主持環節，我們就像在珍惜剩餘的時間一心沉浸在表演中。

這種事情，能享受樂趣的人就是贏家。

我的電吉他更加銳利地變得越發激烈。

叶的貝斯像在無拘無束地彈跳般迸開。

花菱敲響震撼整個會場的有力鼓聲。

夜華的電子琴像要蠱惑人心般編織出多變的優美音色。

然後，小宮的歌聲充滿情感地歌唱著。

歌曲漸漸接近最後一刻。

求求你，別就此結束。

讓這段時光永遠持續下去吧。

這是我人生的最高潮。

不必考慮多餘的事情。

正可說是忘我的境地。

我被空白的意識包圍。

世界漸漸遠去。

大家，謝謝你們等待我。

花菱，謝謝你重振精神。
叶，謝謝妳教我音樂。
小宮，謝謝妳最棒的歌聲。
夜華，謝謝妳支持我。
我百感交集地將撥片落在電吉他弦上。
然後，釋放最後一個音符。
我像同時燃燒殆盡一般，在原地呆立不動。
一瞬間的無聲。
連餘音都消溶在空氣中，終於消失。
沉默。
緊接著，沐浴在如雪崩般從會場湧來的狂熱吶喊中，我察覺現場表演結束了。
不知不覺間，撥片從手中掉落。
在熱情的包圍下，世界還是很遠。
就像魔法解除一樣，那般融為一體的感覺像假的一樣消失了。
不過，我明白這些加油聲是溫暖的。
瀨名希墨是毫無明星氣質的平凡男子。
沒有能立刻吸引他人的一目了然的魅力，也沒有獨一無二的武器。

如果我能更不貪心地滿足於普通就好了。如果能不嫉妒周遭的人，恰當地保持不關心，老實地認清自己的界限，以這種方式生活，會很輕鬆吧。

應該能過得有效率又合理，既不超出必要地抬頭仰望，心靈也不會過度受到干擾。

但是我選擇了去努力、去追求、去掙扎。

這絕非捷徑。我一定也繞了不少多餘的遠路吧。

那條苦難之路使我變強。

唯獨這一點，我認為我可以為此自豪。

與興奮沒有平息的會場相反，我灼熱的意識迅速冷卻下來。

日常的感覺恢復，我不禁再度客觀地冷靜審視自己。

這只不過是十次中會有一次的成功，碰巧發生在頭一次罷了。

充其量是新手的好運氣。

能在這裡表演那一次真好。

多虧了我平常不愛偷懶的性格，就像在說努力不會背叛人一般，看來我在這三個月拚命練習培養出的演奏技巧，在正式表演時好好地發揮出來了。

我一路以來所做的事沒有錯。

瀨名希墨的努力得到了回報。

我切實地感受到。

「哈哈。」

我口中發出輕笑。

實在萬分感動。

我、我們表演到了最後。與那種切實感受交換，一股舒服的疲勞感湧了上來。我全身大汗淋漓，但感覺並不差。

震耳欲聾的掌聲持續不斷，包圍會場。

我轉頭看向樂團團員的臉龐。

大家都露出同樣的表情。

明明是秋天，會場內的熱氣與興奮，讓我全身發熱。

紗夕與七村豎起大拇指在舞台邊笑著。

我在觀眾席上發現蹦蹦跳跳高興不已的映。

在她背後，神崎老師與亞里亞小姐也在鼓掌。

「墨墨，說句話吧。」

小宮把麥克風遞給我。

由我來說好嗎？我指向自己，大家點點頭。

我看了看朝姬同學，她一副真沒辦法的模樣，用手指比出ＯＫ。

「呃～其實我昨天昏倒了，一直到正式表演前一小時都在睡覺。所以這是剛起床的演奏。雖然是這樣，但氣氛非常熱烈呢。」

我用開玩笑的口吻戲弄地說，整個會場響起笑聲。

「拜大家享受表演所賜，我得以演奏到最後。真的很感謝大家。這對我來說成為了高中生活中最棒的回憶。謝謝。」

會場各處傳來慰勞的呼喊聲。

「我想向在場的所有人道謝，但這麼做的話善後工作會做不完，所以我會忍耐。因為我也是文化祭執行委員，學生會長也就在後面。」

當我轉過頭，花菱敲響銅鈸。

「好像不行呢。所以，請讓我只對一個人，對我很重要的人道謝——夜華。」

當我重新轉向電子琴，聚光燈只集中在我和夜華身上。

「我無意炫耀，但她是我的戀人。一個非常漂亮的好女孩。」

夜華不再慌張。或許只是太過投入演奏，甚至沒有那種餘力。她僅是默默地注視著我。

「我之所以能努力到最後，是因為有夜華在。就像妳說想變得強大一樣，我也想成為與妳相配的男人。」

離我最近的女孩。重要的存在。我心愛的人。我最想獲得認可的對象。

因為她在拚命努力，我覺得我也不能輸。

我們兩人關係平等，互相尊敬。

然而從客觀角度來看是如何呢？

答案從一開始就十分清楚。

瀨名希墨是凡人，有坂夜華是無法觸及的高不可攀存在。

無論在誰眼中，我們都明顯是不相配的情侶。

即使如此，我自身的感情堅定不移，對夜華的愛情也深信不疑。

我會總是在心中一角在意自己和夜華之間的差距，因為我缺乏自信。

對他人的愛情和對自己的自信是不同的問題。

我對目前的關係沒有任何不滿。

但是，我認為只有在高中時代才能只是維持現狀就夠了。

人生會毫不留情地面臨變化。

人對環境的變化無計可施，而這會不由分說地促使感情發生變化。

一切事物都會殘酷地轉變。

十七歲的確信太過脆弱又薄弱。

想像夜華離去的那一瞬間，我突然感到害怕。

我可以將那種事情當作杞人憂天忽視掉，以全力享受眼前的快樂來逃避。

不過，光是這樣是不行的。

我自身想變得更強大，強大到足以保護夜華。

我不想讓這段戀情作為我青春時代的回憶畫下句點。

我想和妳一起生活到人生的最後。

所以，最想說的話自然脫口出。

「夜華！我喜歡妳！我愛妳！和我結婚吧————！」

當我回過神時，我大聲地求婚了。

塞滿會場的學生們身為見證人，發出興奮的叫聲。

對夜華來說，現在集中在她身上的視線是至今以來最多的吧。

四月在教室發出的情侶宣言根本無法相比。

這是什麼羞恥玩法。幾乎近乎拷問吧。

會場的觀眾們屏住呼吸，關注夜華的回答。

熱氣與沉默並存的緊繃奇妙時光。

我感到時間的流動是人生最慢的。

但我不再慌亂。

兩情相悅的情人抬起顫抖的雙手，在胸前像拿著甜甜圈一樣比出小圓圈。

那個回答，讓現場爆出一片祝福聲。

不絕於耳的掌聲與歡呼聲融為一體，形成節奏。

從會場洋溢著安可的呼喊。

要求表演的聲音一遍又一遍地重複響起。

「小瀨名，現在是展現男子氣概的時候。」

「墨墨，再加一把勁。」

「阿瀨，你還可以吧。」

「希墨！真是的，你要負責到最後！」

夜華前所未有的臉紅。

面對四人看來的視線，我抓住備用的撥片。

「你們擔心過頭了。要彈幾首我都行啦！」

我再次撥響電吉他。

就這樣，永聖高中歷史留下新的傳說，文化祭落幕了。

幕間三

安可曲彈奏完後，舞台放下帷幕。
就像要慰勞為現場表演成功而高興的五人，大家從舞台邊聚集過來。
朝姬、紗夕與七七，神崎老師與夜夜的姊姊，還有小映也衝了過來。
「難得有機會，來拍紀念照吧！」
紗夕的一句話，讓我們拍了全體合照。
拍完照片後，精疲力盡的墨墨當場癱倒。
墨墨早已超出極限。
夜夜就像知道會這樣一般，接住了他。
我覺得兩人擁抱在一起的模樣非常可貴。
夜夜直接陪著無法動彈的墨墨，走出體育館。
兩人的背影，讓我回想起春天的班際球賽。
不過，我能感覺到兩人的聯繫比那時候更牢固了。
「辛苦了。好精彩的現場表演。」

朝姬來到我身旁。

「好開心。對我來說也是一輩子的回憶。」

「真的，難以忘懷呢。」

「對於夜夜來說，好像是相當大的驚喜就是了。」

「沒想到他連求婚都做了。」

「而且還是當著這麼多人面前。」

我和朝姬回想起來，不禁發笑。

「一般而言，高中生會說到那種程度嗎？」

「是文化祭魔法啦。情緒興奮起來，就真情流露了。」

「高中生談結婚沒有現實感啊。我明明都連自己的事都忙不過來。」

「——實現夢想，一定就是像那樣子超越普通與常識吧。」

「日向花是贊成派嗎？」

「我算是支持派……朝姬呢？」

「我很驚愕。在我停滯不前的時候，他已經更往前走了。雖然連背影都看不見了，有點寂寞，不過，這次是滿分一百分吧。」

朝姬的眼眶泛紅，但表情很暢快。

「墨墨以那種虛弱的狀態站上舞台，真虧他彈得動電吉他。」

「我也沒想到，有坂同學會主動提出要爭取時間。」

「他們兩個徹徹底底地兩情相悅嘛。」

「愛的力量真偉大。」

朝姬感慨地說。

「——墨墨做得到嗎？」

「若是希墨同學就做得到。像今天一樣，以後也一直如此。」

第十二話 我努力後的結果

「求婚學長，早安！」

「求婚學長，現場表演很帥氣喔！」

「求婚學長，你真有男子氣慨！」

「求婚學長，要永遠幸福喔！」

「求婚學長，你們蜜月旅行要去哪裡？」

「求婚學長，你們計畫生幾個小孩？」

文化祭的補假星期一過後，來到星期二。

在早晨去學校的路上，找我攀談的人特別多。

看樣子我的發言在全校學生之間傳遍了。

求婚學長這個綽號在我不知情的時候固定下來，不論是認識的人或不認識的人，我所到之處，都沐浴在名為祝福的調侃中。

既然在主舞台上大喊那種事，這也是當然的。

在屋頂上發出愛的告白根本無法相比。

這代表想超越情人階段，成為夫妻。
永聖高中是升學高中，對許多人來說，婚姻是還很遙遠的事。
每個人都認為這是我因為文化祭而情緒亢奮的結果，是為了炒熱氣氛口頭說說吧。
我和周遭眾人認知上最大的差異，在於我是認真的。
那是我在那個地方最想說的話。
我和夜華已是兩情相悅的情侶。
那麼，往後將會如何？
我想跨越高中生戀愛的極限。
我不希望這段戀情作為在畢業後回顧的青春期回憶告終。
我想一輩子珍惜現在感受到的特別。
她是我希望在我長大、成熟、年老，直到臨終的那一刻為止都陪伴在身邊的對象。
這缺乏現實感，無法預測，沒有保證。
但不可思議的是，我並不迷惘。
因為有夜華在，我得以變得強大。
唯獨這件事，我可以自信地說出口。
我一點也不後悔自己的發言，但周遭的過度反應實在令人頭疼。
這方面夜華也一樣。

「真想現在馬上回家。」

夜華帶著快死掉的表情出現在教室。

她的狀況似乎與我類似，不出所料，夜華顯得比我更憔悴。

「嗨，求婚瀨名！」

「求求，不對，墨墨。早安。」

「別連你們都來調侃人啦！」

七村和小宮露骨地偷笑，來到我們這邊。

「因為現在有坂同學的存在，就像是姻緣之神一樣的狀態啊。」

朝姬同學一副忍不住想笑的樣子。

「那是什麼？」

夜華不能當作沒聽見地要求解釋。

「在文化祭的最終演出上那麼盛大的公開求婚又答應了，不管是誰都會拿來當哏吧。現在都有傳聞煞有其事地說，拿有坂同學在胸口比出小圓圈的照片當手機壁紙，可以提升愛情運呢。」

「侵犯肖像權！那不是偷拍嗎！」

「那妳要一一檢查全校學生的手機嗎？」

「嗚～～～～」夜華發出不甘心的呻吟。

「豈止是女王，還是姻緣之神啊。」

我忍不住笑了。

她已經以全校第一美少女的身分聞名，但我沒想到她會升格成被信奉膜拜的對象。

「希墨，這不好笑！」

「那我撤回求婚比較好嗎？」

「也、也不是這樣……」

夜華吞吞吐吐地欲言又止。

「又～在卿卿我我了。」

「你們感情真好。」

「兩人獨處的時候再親熱吧。這樣只是在展示效果很靈驗而已。」

三人立刻評論我和夜華的互動。

特別是朝姬同學準確地指謫，讓我臉上浮現認輸的苦笑。

看樣子只能做好會被持續戲弄一陣子的準備了。

「首先，恭喜希墨同學康復。看到你恢復精神，真是太好了。」

「結束現場表演回家後，我昨天睡了一整天。沒想到會睡得那麼沉。」

「因為希墨同學倒下了，全班的慶功宴也延期了。得調整日期才行。」

「真是期待。茶樓咖啡廳也一直生意興隆，太好了。」

班級的活動我只參加了首日的半天左右，不過聽說第二天也從開店後就大排長龍，讓我放了心。

「這是希墨同學構想的勝利呢。而且也多虧有坂同學和七村同學好好地帶領大家。如果選了兔女郎，真不知道到底會怎麼樣。」

朝姬同學的一句話，讓大家都笑了。

「阿瀨，R-inks也要辦慶功宴喔！」

叶未明與花菱清虎兩人從隔壁班來到教室。

「你們都辛苦了。抱歉，直到最後都添麻煩了。」

「小瀨名，別說見外的話。身為學生會長，能辦出這麼熱鬧的文化祭，我反倒覺得很自豪。」

「能感受到最棒的化學效應，感覺很痛快啊，阿瀨！」

「能得到魔鬼教官稱讚，真是光榮。這麼一來R-inks也功成身退了。」

這本來就是為了沒有組團人選的叶臨時組成的限時樂團。

我認為在文化祭結束後就會解散。

只是一到了解散的時候，會有點捨不得。

嚴重身心俱疲的我，應該很難再度登上舞台。

沒想到成就感和虛脫感摻雜的我會如此感傷，連我自己都很意外。

「咦，R-inks不解散喔。」

叶乾脆地忽視了前提。

「R-inks永存不滅。只是無限期停止活動而已。我想讓R-inks成為我人生中唯一沒有解散的樂團。這次現場表演就是這麼特別。所以，以後也讓我繼續留在R-inks吧。不行嗎，阿瀨？」

叶用一反常態的溫順態度問我。

「嗯，可以啊。孽緣這種聯繫也不錯吧。」

「嗯！對啊。」

難得學了電吉他。以後我也想當作興趣繼續下去。

「對了，樂團的慶功宴，我和紗夕當然也能參加吧？最後把瀨名帶來的可是我們。」

熱愛活動的七村，主張他和紗夕也要參加。

當然，紗夕也會來。

「那樣的話，我也想去。我認為我在現場表演幕後做了不少貢獻。」

朝姬同學也舉起手。

其實是她以最大限度預料到我的延遲，好讓安可時間不須刪減，並下指示讓節目比我安排的時間表加速進行。這是隱藏的精采表現。

「等、等一下！大家要參加無所謂，但首先要把和我的約會當成最優先事項！我從夏天開始一直在忍耐！」

夜華鬧脾氣地插嘴。

那句話令所有人陷入沉默。

「夜華，妳……」

就連我也覺得難為情。

這樣沒辦法生別人的氣喔。從一大早就放飛過頭了。

那不是單靠文化祭約會就能彌補的。

的確，自從決定加入R-inks之後，我們就沒辦法好好約會。我知道她一直在忍耐，但沒想到到了那種程度。

啊啊，真是的，我知道大家會說什麼。

說出來之後，夜華應該會像平常一樣面紅耳赤慌亂不已吧。

同時，能像這樣在教室中央堂堂地當公認情侶，我真的很高興。

我和夜華當情侶走過的日子延續到未來。

面對有坂夜華一本正經的發言，除了我以外的大家都回以同樣的台詞。

「妳也對希墨同學——」

「妳也對墨墨——」

「妳也對瀨名——」

「妳也對阿瀨——」

「妳也對小瀨名——」

「「「「喜歡過頭了！！！！」」」」

五人異口同聲地指出來。

不過，我的預料沒有猜中。

夜華臉紅了，但這次輪到大家對她說出口的話感到驚訝。

「我當然喜歡希墨！因為我們一直都是兩情相悅！」

不顧在許多人面前，夜華露出最燦爛的笑容回答。

完

後記

初次見面，還有好久不見。我是羽場楽人。
感謝各位這次閱讀《除了我之外，你不准和別人上演愛情喜劇》第五集。
兩情相悅愛情喜劇迎來了秋天，進入燃燒愛與青春的文化祭篇。
希墨是男人的志氣和成就、夜華是新的挑戰、朝姬是為自己的感情作了斷。
這次大家都很努力。特別是希墨和朝姬。

有一種說法認為，為了讓讀者容易代入，愛情喜劇作品的主人公盡可能設定得沒有個性比較好。
羽場個人是認為主角才應該性格突出的那一派。
結果，瀨名希墨這個主角變成了替他人著想又直率，但認定自己普通、平凡又沒有個性，有點缺乏自信的少年。
看到從第一集發售當時開始閱讀的讀者們的感想，讓我非常高興的是，他們稱讚女主角們的可愛，同時也注意到了希墨隱藏的優秀。

總是為他人努力的主角，打破自身外殼的文化祭。

能夠寫出希墨的成長真好。

另外，支倉朝姬對於作者來說也是特別的角色。

其實在寫企畫書的時候，第一集的高潮部分並沒有朝姬向希墨告白的情節。她只是與夜華形成對比，溝通能力很強，和希墨同樣擔任班長的搭檔，近在他身邊的美少女。僅僅如此而已。

然而到了寫作階段，朝姬卻說「等一下！我也喜歡希墨同學！」，向作者要求戲份。真是不可思議的體驗。

我有過幾次角色自己動起來的經驗，但朝姬是第一個讓我切實感受到作品整體水準提升得如此多的。

她所經歷的悲傷單戀和失戀，也會引發共鳴吧。

拜此所賜，本作成為了羽場目前最長的系列。

故事累積，感情加深，角色逐漸成長。

我切身感受到了能長期寫下去的可貴。

回過神時，羽場成為職業作家也有五年了，本書是感慨特別深的一部作品。

接下來是謝詞及通知。

責任編輯阿南先生，不知不覺間我們已經認識了很久，讓我難掩驚訝。以後請繼續請您多多關照。

插畫イコモチ老師。您每次都深入地考量到書中的形象，送回超乎期待的完稿，我只有滿心感謝。每當我看到整個系列中女主角們的各種服裝，我都會發出高興的尖叫。這次也很謝謝您。

為本書出版給予助力的相關人士、接受我為音樂相關內容取材的各位，我的家人、朋友還有同行，總是很感謝大家。

通知共有三點：

①希墨和花菱在屋頂上略為提到的Beyond the Idol。

關於她們的故事，在GA文庫出版的《みんなのアイドルが俺にガチ恋するわけがない》（暫譯：《大家的偶像不可能真的愛上我》，簡稱《大家偶像》）裡面有描述。

女生的真心話可愛又棘手？

這是以夜晚會出現彩虹的島嶼為舞台，有點不可思議的搞笑愛情喜劇。

《大家偶像》書中也會提到愛情喜劇，敬請期待。

我從以前起就很喜歡不同作品之間的跨界登場。

希望大家也務必閱讀《大家偶像》！

②我將在電擊輕小漫畫網站（電撃ノベコミ）連載《除了我之外，你不准和別人上演愛情喜劇》的未公開新故事！

令人好奇的故事內容，是與本篇相關的過去篇。

內容會講述可說是愛情喜劇第0集，希墨和夜華發展到交往為止的往事。看了以後保證會使得本篇變得更加有趣。請勿錯過。

詳情將在羽場的推特等地方隨時通知，還請關注帳號。

③從下一頁開始是第六集預告。

第五集的結束方式像最後一集一樣，但本作還會繼續。

經過文化祭後，希墨和夜華之間的兩情相悅變得更加牢固而堅定。

再也沒有什麼能阻止兩人的相愛——應該是吧？

以上，是羽場楽人的後記。下次再見。

BGM：R-inks《永聖高中文化祭特別現場表演（安可）》

（註：以上為日本方面的情況。）

文化祭的班級慶功宴真的很快樂。

當我回到家時，玄關擺放著姊姊以外的皮鞋和高跟鞋。

「難道說？」

我快步直接走到客廳。

「喔。夜華也回來了。」

「歡迎回家，小夜。」

我的爸爸和媽媽坐在沙發上休息。

「咦，你們什麼時候從美國回來的？嚇我一跳！」

「我和妳媽媽說好，想讓妳們大吃一驚。這是驚喜。」

「如果先告訴我，我會做好飯等著你們的。」

我的雙親由於工作關係，以北美為據點在世界各地奔波。他們一整年大多數時間都在國外度過，像這樣返回日本的情況寥寥可數。

我們最後一次見面，是在今年黃金週時全家出國旅行的南洋島嶼上。

「我看小夜的廚藝已經比媽媽更好了吧？」

「咦～沒這回事。很久沒吃到了，我也想吃媽媽親手做的菜。」

「好啊。這次我們會待得久一點。」

「咦，真的嗎？我好期待。」

聽到那句話，我天真無邪地感到高興。

「半年沒見面，夜華不也變得成熟多了嗎？」

「真的呢。哎呀，第一次看到那條項鍊呢？是妳自己買的嗎？」

爸爸感慨地感覺到女兒的成長，媽媽則注意到希墨送我的項鍊。

「那是情人送的禮物。小夜現在有正在交往的男朋友。」

亞里亞姊姊代替害羞的我回答。

姊姊不知為何看來很不高興，坐在遠處喝紅酒。

「什麼？夜華交了男朋友嗎？」

「亞里亞，這可以先告訴我們吧。媽媽嚇了一跳。」

「因為你們默不作聲地回國，我也要給個驚喜啊。」

姊姊的語氣帶刺。她好像心情很差。

「……怎麼了，姊姊？妳在生氣？」

「關於理由，妳就問爸爸媽媽吧。」

當雙親說出難以置信的提議時，我還以為心臟要停止跳動。

「夜華，要不要和我們一起在美國生活？」

感覺就像聽到了世界末日的消息，我隨時都可能崩潰。

EiSei High School
章。即將發售，敬請期待！

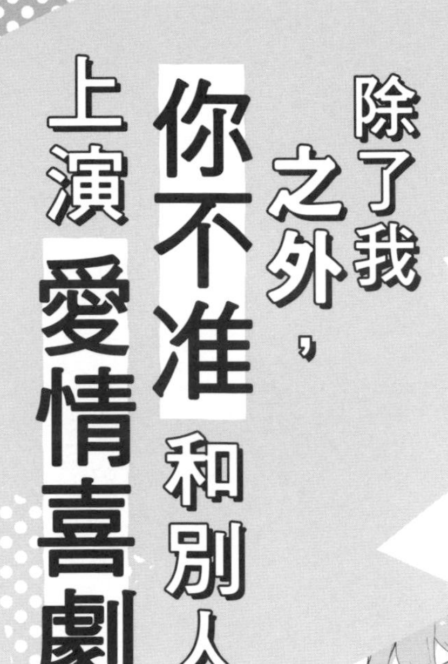

不需要悲傷的離別。
比起哭泣的臉我更喜歡微笑的妳。

累積的日子
讓我變得更加堅強，
不被無法預測的人生所影響。

因為即使未來一切都已改變，
妳已經可以露出笑容了。

下集，《愛情喜劇》最終

國家圖書館出版品預行編目資料

除了我之外，你不准和別人上演愛情喜劇 / 羽場楽人作；K.K. 譯 . -- 初版 . -- 臺北市：臺灣角川股份有限公司，2022.12-

冊；　公分 . -- (Kadokawa fantastic novels)

譯自：わたし以外とのラブコメは許さないんだからね

ISBN 978-626-352-081-3(第 5 冊：平裝)

861.57　　111017000

Kadokawa
Fantastic
Novels

除了我之外，你不准和別人上演愛情喜劇 5

（原著名：わたし以外とのラブコメは許さないんだからね 5）

2022年12月21日　初版第1刷發行

作　者：羽場楽人
插　畫：イコモチ
譯　者：K.K.

發 行 人：岩崎剛人
總 編 輯：蔡佩芬
編　　輯：黎夢萍
美術設計：李思穎
印　　務：李明修（主任）、張加恩（主任）、張凱棋

發 行 所：台灣角川股份有限公司
地　　址：104台北市中山區松江路223號3樓
電　　話：（02）2515-3000
傳　　真：（02）2515-0033
網　　址：www.kadokawa.com.tw
劃撥帳戶：台灣角川股份有限公司
劃撥帳號：19487412
法律顧問：有澤法律事務所
製　　版：尚騰印刷事業有限公司
ISBN：978-626-352-081-3